19 世纪初德语文学中的动物他者

余传玲　著

同济大学出版社·上海
TONGJI UNIVERSITY PRESS · SHANGHAI

图书在版编目(CIP)数据

19 世纪初德语文学中的动物他者 / 余传玲著. -- 上海：同济大学出版社，2024.8

ISBN 978-7-5765-0778-2

Ⅰ. ①1… Ⅱ. ①余… Ⅲ. ①德语—文学研究—世界—19 世纪 Ⅳ. ①I106

中国国家版本馆 CIP 数据核字(2023)第 013861 号

19 世纪初德语文学中的动物他者

余传玲 **著**

出 品 人 金英伟 **责任编辑** 戴如月 **助理编辑** 刘 慧
特约编辑 陈惠兰 **责任校对** 徐逢乔 **封面设计** 潘向蓁

出版发行 同济大学出版社 www.tongjipress.com.cn
(地址：上海市四平路1239号 邮编：200092 电话：021-65985622)
经 销 全国各地新华书店、网络书店
排版制作 南京展望文化发展有限公司
印 刷 苏州市古得堡数码印刷有限公司
开 本 890 mm×1240 mm 1/32
印 张 7
字 数 129 000
版 次 2024 年 8 月第 1 版
印 次 2024 年 8 月第 1 次印刷
书 号 ISBN 978-7-5765-0778-2

定 价 48.00 元

总　序

如果我们按照德国社会学家马克斯·韦伯的定义，把文化理解为人为自己编织的一张“意义网”，那么，文化学的意义正是在于探究这张网的不同节点乃至整个体系，探究它的历史生成、运作机制及对人的塑造功能，探究它如何影响了历史中的人对自身以及世界的理解。

诚然，探究这样一个网络的整个体系，或者用德国文化学倡导者的话说，人的“所有劳动与生活形式”这样一个宏大工程，对于一个个体来说，是无法完成的事情。因此，从文化学所统领的跨学科的视角出发，探究这张网在不同历史阶段的具体节点，或者说一个文化体系的具体侧面，则可揭示其运作方式并为观察整个文化体系提供有益的启发。

如果我们尝试用一两个关键词笼统概括20世纪后半叶以来德语文学研究范式的转换，那么在20世纪50年代占据主导地位的是“文本”“形式”，60年代是“社会”“批判”，70年代是“结构”“接受”，80年代是“话语”“解构”,90 年代至今便是“文化”。

而任何笼统的概括,都有掩盖发展本身所具有的复杂性的嫌疑。因为涌动在这些关键词之下的是历史进程中的一系列对话、碰撞、转换机制。正是这一发展促成了所谓“文化学转向”。经过三十多年的发展,对文化的研究已经成为研究领域的一种基本范式。尽管对文化问题的关注与探讨,在它被称为“文化研究”的英美国家与被叫作“文化学”的德语国家有着不同的历史语境与出发点——在社会等级与种族问题较为突出的英美国家主要针对的是所谓高雅与大众文化的差异和种族文化差异问题,而在殖民主义历史负担相对较轻、中产阶级占主导地位的德国主要侧重学科的革新,其核心标志是对中心主义视角秩序的颠覆与学科的开放。

以瓦解主体中心主义为目标的后结构主义赋予了他者重要的建构意义,这种“外部视角”将研究的目光引向了以异质文化为研究对象的人类学或民族学。美国文化人类学重要代表人物克利福德·格尔茨(Clifford Geertz)提出的“深描”文化阐释学,尝试像解读文本一样探索文化的结构,突出强调了对文化理解过程具有重要意义的语境化。将“文化作为文本”①来解读也就构成了文化研究的关键词。这一做法同时为以文本阐释见长的

① Doris Bachmann-Medick (Hg.): *Kultur als Text. Die anthropologische Wende in der Literaturwissenschaft*. Frankfurt am Main: Fischer Taschenbuch Verlag 1996.

文学研究向文化领域的拓展提供了新的路径，成为福柯影响下关注“文本的历史性与历史的文本性”[1]的新历史主义的文化诗学纲领。

那么，对于文学研究而言，文学的虚构性与文化的建构性之间是怎样的关系？将文学文本与文化文本等同起来，是否恰恰忽略了文学的虚构性？作为文化体系组成部分的文学，一方面选材于现实世界，另一方面又摆脱了现实意义体系的制约，通过生成新的想象世界而参与文化的建构。相对于现实世界，文学揭示出另一种可能性、一种或然性，通过文学形象使得尚无以言表的体验变得可见，从而提供新的经验可能。正是基于现实筛选机制，文学作品提供了丰富的历史材料来源。有别于注重“宏大叙事”的政治历史考察的传统史学，文学作品以形象的方式承载了更多被传统历史撰写遮蔽或边缘化的日常生活史料，成为丰富的历史与文化记忆载体。

在历史观上，法国编年史派以及后来的心态史派，对于德国文化学的发展起了重要的推动作用。20 世纪 30 年代，编年史派摆脱了大一统的以政治历史为导向的史学研究，转向了对相对长时间段中的心态（观念、思想、情

---

① Louis Montrose：“Die Renaissance behaupten. Poetik und Politik der Kultur”. In：*New Historicism. Literaturgeschichte als Poetik der Kultur*. Hg. von Moritz Baßler. Frankfurt am Main：Fischer Taschenbuch Verlag 1995，S. 67f.

感)变化的考察。[1] 对法国新史学的接受强化了德国的社会史与日常史的研究。20 世纪 80 年代中期,历史人类学在德国逐渐形成。相较于传统的哲学人类学,它所关心的不再是作为物种的抽象的人,而是历史之中的人及其文化与生存实践。研究的着眼点不是恒定的文化体系,而是在历史进程中对人及其自身理解起到塑造作用的变化因素。

文化学发展的一个重要动因,是关于人文科学在社会中的合理性问题的讨论。由于学科分化的加剧,人文科学的存在合理性遭到质疑,讨论尝试对此做出回应。争论的焦点是人文科学的作用问题:它究竟是仅仅起到对自然科学与技术的发展所造成的损失进行弥补的作用,还是对社会发展具有导向功能。代表弥补论一方的是德国哲学家乌多·马克瓦德(Udo Marquard)。他发表于 1986 年的报告《论人文科学的不可避免性》认为:"由实验科学所推进的现代化造成了生存世界的损失,人文

---

① 如马克·布洛赫从比较视角出发对欧洲封建社会的研究:Marc Bloch: *Die Feudalgesellschaft*. Frankfurt am Main/Wien: Propyläen 1982 (zuerst 1939/40);吕西安·费弗尔从多学科视角出发对信仰问题的研究:Lucien Febvre: *Das Problem des Unglaubens im 16. Jahrhundert: die Religion des Rabelais*. Mit einem Nachwort von Kurt Flasch. Aus dem Franz. von Grete Osterwald. Stuttgart: Klett-Cotta 2002 (zuerst 1942);菲力浦·阿利埃斯对童年、死亡与私人生活的研究:Philippe Ariès: *Geschichte der Kindheit*. Übers. von Caroline Neubaur und Karin Kersten. München: Hanser 1975 (zuerst 1960); Philipe Ariès: *Studien zur Geschichte des Todes im Abendland*. München/Wien: Hanser 1976; Philippe Ariès/Georges Duby (Hg.): *Geschichte des privaten Lebens*. Frankfurt am Main: S. Fischer 1991.

科学的任务则在于对这种损失进行弥补。”①所谓弥补就是通过讲述而保存历史。② 另一方则要求对人文科学进行革新，通过对跨学科问题进行研究来统领传统的人文科学。针对马克瓦德为人文科学所做的被动辩解，在20世纪80年代末期，联邦德国科学委员会和校长联席会议委托康斯坦茨大学和比勒费尔德大学成立人文科学项目组，对人文科学的合理化与其未来角色的问题进行了调研。德语文学教授、慕尼黑大学校长弗吕瓦尔德，接受理论主要代表人物姚斯，著名历史学家科泽勒克等五名重要学者于1991年发表了上述项目的结项报告《当今的人文科学》。报告认为：“人文科学通过研究、分析、描述所关涉的不仅仅是部分文化体系，也不仅仅是迎合地、‘弥补性地’介绍自己陌生的现代化进程，它的着眼点更多地是文化整体，是作为人类劳动与生存方式总和的文化，也包括自然科学的和其他的发展，是世界的文化形式。”③因此，他们建议放弃传统的“人文科学”概念，以“文化科学”取而代之。在某种程度上，可以把该书看成是要求整个人文科学进行文化学转向的宣言。

---

① Odo Marquard: “Über die Unvermeidlichkeit der Geisteswissenschaften”. Vortrag vor der Westdeutschen Rektorenkonferenz. In: ders.: *Apologie des Zufälligen. Philosophische Studien*. Stuttgart: Reclam 1986, S. 102f.

② 参见 ebd., S. 105f.

③ *Geisteswissenschaften heute*. Eine Denkschrift von Wolfgang Frühwald, Hans Robert Jauß, Reinhart Koselleck, Jürgen Mittelstraß, Burkhart Steinwachs. 2. Aufl. Frankfurt am Main: Suhrkamp 1996 (1991), S. 40f.

研究视角与对象的变化，也要求打破传统的专业界限，进行多学科、跨学科的研究。这种势态催生了人文研究的所谓“文化学转向”。此中，文学研究摆脱了传统的对文学作家、作品与文学体系的研究范式，转向对文学与文化体系关系的探讨。文化学研究的领域主要涉及：知识的生产传播与文化语境的关联，文化史进程中所生成的自然构想，历史中的人所建构的对身体、性别、感知、情感的阐释模式，记忆的历史传承作用与运作机制，技术发展对文化产生的影响，媒介的文化意义及其对社会产生的影响，等等。①

研究领域的扩大无疑对研究者的能力与知识结构提出了挑战。比如，探讨文学作品中身体、疾病、疼痛的问题，必然要采用相关的医学或人类学等文献，探讨媒介、技术、机器等问题，又需要相关的理工科专业的知识，涉及感知、情感等问题时又必须对心理学、哲学等相关专业了解。尽管这些问题可以通过跨学科的合作加以解决，但这种合作要求相同的视角与方法基础。鉴于人文科学基于经验积累的特点，研究者遭受着“半吊子”的质疑。

---

① 参见 Hartmut Böhme/Peter Matussek/Lothar Müller(Hg.)：*Orientierung Kulturwissenschaft. Was sie kann, was sie will*. Hamburg：Rowohlt 2000. Kap. III；Claudia Benthien/Hans Rudolf Velten (Hg.)：*Germanistik als Kulturwissenschaft. Eine Einführung in neue Theoriekonzepte*. Hamburg：Rowohlt 2002, S. 24 – 29；Christoph Wulf (Hg.)：*Vom Menschen. Handbuch Historische Anthropologie*. Weinheim/Basel：Belz 1997.

而对作为文化学的文学学的关键质疑仍是方法上的。这一点特别反映在具有代表性的“豪克—格雷弗尼茨论战”中。论战的关键问题在于是坚持文学研究的“自治”还是向文化体系开放。1999年,图宾根大学教授瓦尔特·豪克(Walter Haug)发表了题为《文学学作为文化学?》的论文。他认为,文学研究应当坚守文学所具有的自我反思的特点:文学之所以存在是因为有解决不了的问题,文学存在的意义不是要解决问题,而是要生成并坚守问题意识。因此,文学研究向文化学开放,并不是要转变成为文化学的一部分,而是要强化文学的内在问题、文学“特殊地位”的意识。[①] 而格哈德·冯·格雷弗尼茨(Gerhart von Graevenitz)在其发表在同一期刊的文章《文学学与文化学——一回应》中则否认自我反思是文学独有的特性,认为大众文化也同样表现出了这种特点,因此文学研究应当重视多元化的文化语境。[②] 他认为,豪克坚持文学研究的“内在视角”,忽略了关于文化学的讨论是各学科的普遍结构变化的表达。[③] “文化学”所要探究

① 参见 Walter Haug:“Literaturwissenschaft als Kulturwissenschaft?”In: *Deutsche Vierteljahrsschrift für Literaturwissenschaft und Geistesgeschichte* 73 (1999), S. 92f.

② 参见 Gerhart von Graevenitz:“Literaturwissenschaft und Kulturwissenschaften. Eine Erwiderung”. In: *Deutsche Vierteljahrsschrift für Literaturwissenschaft und Geistesgeschichte* 73 (1999), S. 107.

③ 参见 Walter Haug:“Literaturwissenschaft als Kulturwissenschaft?”In: *Deutsche Vierteljahrsschrift für Literaturwissenschaft und Geistesgeschichte* 73 (1999), S. 95.

的是文化的多元性，而被理解为传统的“人文科学”一部分的、以阐释学为导向的文学学则以一统的“精神”为对象。①

这场论战所涉及的是研究的基本视角问题，这首先关涉18世纪以来的文学自主性的观点是否还能够成立，被理解为高雅艺术的文学是有修养的市民阶层的建构，抑或是民族主义话语驱动的产物，还是由社会文化与物质媒介发展导致的交往派生物？对此，系统论给出的答案是，它是社会分化的结果。在卢曼影响下的文学系统论代表格哈德·普隆佩(Gerhard Plumpe)、尼尔斯·威尔伯(Nils Werber)认为，18世纪以来的社会分化、人的业余时间的增加导致了消遣娱乐需求的增长，使得文学成为独立的系统，因此文学的功能不再以思想启蒙时期的真或伪的标准来衡量，而以有意思与否为标准。② 在这一点上，他们与格雷弗尼茨的消解高雅与大众文化等级的做法不谋而合。

如此，文化学研究的关注点不再是传统的精英文化，而是高雅与通俗文化的复杂体及其相互间的关联。文化产物对不同社会群体所产生的作用，话语语境、文化阐释模式的生成、转换、再生的机制，社会现象被不同的社会

---

① 参见 ebd.，S. 96.

② 参见 Gerhard Plumpe/Niels Werber：“Literatur ist codierbar. Aspekte einer systemtheoretischen Literaturwissenschaft”. In：Siegfried J. Schmidt (Hg.)：*Literaturwissenschaft und Systemtheorie. Positionen, Perspektiven, Kontroversen*. Opladen：VS Verlag für Sozialwissenschaften 1993，S. 30ff.

群体感知、接受的过程，成了研究的主要任务。在历史的层面，则要重构其文化阐释模式。分析的关键是从这些语境中产生出了哪些理解与误解，人类自己编织的意义网是怎样把人自己套入其中的，这些文化实践是怎样对他们进行编码的。在德语中大多以复数形式出现的 Kulturwissenschaften（文化学）称谓反映出的也正是这种对多元化的承认。在研究方法上，文化学也不再要求排他的、放之四海而皆准的理论体系，研究的多种方法并存。如果说后现代的讨论与后工业社会的发展紧密相关，那么文化学的诞生也是多媒体社会挑战的结果。

对此，深受后结构主义影响的弗莱堡大学日耳曼学者弗里德里希·基特勒（Friedrich Kittler）在他发表于 1985 年的教授资格论文《记录体系 1800/1900》[①]中，要求打破传统的文学研究的界限与做法，摆脱传统的作品阐释，将关注以精神预设的所谓意义为前提的人文科学研究转向媒介研究。[②] 在他看来，近几百年的人文科学忽略了简单的事实：认识的条件是由技术前提决定的。1800 年前后普遍的文字化过程引发的教育革命，并非源自形而上学的知识，而是源自媒介。1900 年前后电影、留声机、打字机等数据储存技术的发展，打破了文字的垄断，

① Friedrich Kittler: *Aufschreibesysteme 1800/1900*. München: Fink 1985.

② 参见 Friedrich Kittler:"Wenn die Freiheit wirklich existiert, dann soll sie heraus. Gespräch mit Rudolf Maresch". In: *Am Ende vorbei*. Hg. von Rudolf Maresch. Wien: Turia & Kant 1994, S. 95–129.

形成了媒介的部分组合，催生了心理物理学、心理技术学、生理学等学科。2000 年前后“在数字化基础上的媒介的全面融合”①带来对数据的任意操控，决定什么是真实的，不是主体或意识，而是集成电路。如此，文化也就是一个数据加工的过程。当今的新媒介的挑战不仅对媒介研究的兴起起到了催化作用，新媒介生成的格局也促使研究重新审视媒介的历史，重构当今与历史的关联。

随着文化学研究的展开，历史的建构特点更加凸显出来，几乎成为研究界的共识，因此，对历史传承方式的追问，对记忆的运作方式、媒介条件以及个体记忆的社会关联的探讨成为关注的热点。海德堡大学埃及学教授扬·阿斯曼(Jan Assmann)在他发表于 1992 年的重要论著《文化记忆——早期文明中的文字、回忆与政治同一性》②中，对在文化认同上具有重要意义的集体记忆做了“交往记忆”与“文化记忆”的区分：前者依赖于活着的人，主要通过口头形式传承，它构成了个体与同代人的认同感的基础，并建立了与前辈的历史关联；而后者则是“每个社会、每个时代特有的重复使用的文本、图像与仪式的存在”③，“那些

① Friedrich Kittler: *Grammophon*, *Film*, *Typewriter*. München: Brinkmann & Bose 1986, S. 8.

② 参见 Jan Assmann: *Das kulturelle Gedächtnis. Schrift, Erinnerung und politische Identität in frühen Hochkulturen*. München: Beck 1992.

③ Jan Assmann: “Kollektives Gedächtnis und kulturelle Identität”. In: Jan Assmann/Tonio Hölscher (Hg.): *Kultur und Gedächtnis*. Frankfurt am Main: Suhrkamp 1988, S. 15.

塑造我们的时间与历史意识、我们的自我与世界想象”①的经典。“文化记忆”通过生成回忆的象征形象，为群体提供导向和文化认同基础。因此，阿斯曼的研究更加关注文化记忆，即超越交往记忆的机构化的记忆技术。如此，记忆研究的核心问题是探讨个人、群体是怎样通过记忆的中介而建构对自身与世界的理解模式的。这样，记忆研究可以重新建构同时存在的不同时期的回忆过程。

作为表述形式，或者说讲故事，文学是人的存在的基本条件，它不仅述说着人的经验与愿望，阐释着世界与自身，同时也承载着人类的知识与传统。随着文字的发明，储存于人的身体之内的经验、知识、记忆得以摆脱口耳相传这种单一的外化的流传方式，通过文字书写而固定下来。而印刷术的发明不仅为机械复制提供了技术条件，使得远程交往成为可能，同时也导致了知识秩序的重组，感知方式的变化，想象力的提高。以百科全书派为标志的启蒙运动推动了知识的普及，促成了文学发展的高峰。特别是被称为“市民艺术”的小说的发展，不仅迎合了市民随着教育的普及、业余时间的增多而产生的消遣的需求，而且“孤独”的小说阅读促进了人的个性发展。工业化、城市化的进程改变了人的交往方式、空间理解，促使人重新思考人的定位，机器作为新的参照坐标，加入了以

① Jan Assmann：“Das kulturelle Gedächtnis”. In：*Thomas Mann und Ägypten*. München：Beck 2006，S. 70.

上帝、动物为参照的对人的理解模式之中。

把文学作为鲜活生动的文化史料置于历史语境中来考察，不仅可以观察文化的建构机制，同时也可以凸显出文学的历史、社会、文化功能。而在如此理解的文化学视角下的文学研究中，文学不再是孤立的审美赏析对象，也不是某种思想观念或社会状况的写照，或者某种预设的意义载体，而是文化体系的重要组成部分，文学以其虚构特点，以其生动直观的表述方式，在与其他话语的交织冲撞中参与着文化体系的建构以及对人的塑造。

二十多年来，我们尝试将这种文学研究的范式纳入德语文学研究与研究生教学实践中。可以说，“德国文化学与德语文学研究丛书”所展现的就是这一尝试的成果。这些成果从文化体系的某一个具体问题入手，尝试探究这一问题的历史转换与文学对此的建构作用。这些成果的生产者大多从硕士学习阶段就以文化学研究视角为基本导向开始了研究实践。每周 100～200 页的文学与理论文本阅读、集体讨论，每学期 3～4 次的读书报告、十几页的期末论文，不定期的研读会、国内与国际的学术研讨会，使这些论著的作者逐步成长为有见地的研究者。如果说现在流行的“通识教育”大多已沦为机构化的形式口号，那么这些作者则在唯分数、唯学位模式的彼岸，在文化学问题意识的引导下，把思考、探讨、研究变成了一种自觉。问题导向把他们引向了历史的纵深、学科的跨界、方法的严谨、理论的批判与对当今的反思。

希望这些论著的出版在展示文化学研究范式的同时,能够对文学与文化的理解提供有益的帮助,对文学研究的发展起到推动作用。

衷心感谢该系列丛书作者的辛勤劳动,诚挚感谢同济大学出版社的精心编辑。

王炳钧　冯亚琳

2019 年 8 月中旬

目录

导　论

动物在西方文学中有着悠久的历史和丰富的形态。这首先体现在以动物为主角的文学体裁中，最为著名的莫过于伊索寓言。在德语文学中，启蒙时期莱辛（Gotthold Ephraim Lessing）和格勒尔特（Christian Fürchtegott Gellert）的寓言甚至直接被称为“动物寓言”。到了20世纪，传统的寓言(Fabel)体裁虽然逐渐被现代寓言（Parabel）所替代，但仍然可以看到类似卡夫卡（Franz Kafka）对这一体裁进行了革新的《小寓言》(*Eine kleine Fabel*)。除了动物寓言，以动物为主角的文学文本样式还有动物史诗（Tierepos）和动物童话（Tiermärchen）。前者如歌德的《列那狐》(*Reineke Fuchs*)；后者如格林童话中的《不莱梅的音乐家》(*Die Bremer Stadtmusikanten*)。另外，还有难以归类的所谓动物故事（Tiergeschichte）：诸如塞韦尔(Anna Sewell)的《黑美人》(*Black Beauty*)等。值得一提的还有以动物为主题的诗歌形式——动物诗歌（Tierlyrik），比较著名的有布洛克斯（Barthold Heinrich Brockes）创作的动物诗歌、歌德的《动物变形记》(*Metamophose der Tiere*)以及里尔克(Maria Rilke)的《豹》(*Der Panther*)。除此之外,动物也出现在小说和戏剧中,如霍夫曼(Ernst T. A. Hoffmann)的《雄猫穆尔的生活观暨乐队指挥克莱斯勒的传记片段》(*Lebens-Ansichten des Katers Murr nebst fragmentarischer Biographie des Kapellmeisters Johannes Kreisler in zufälligen Makulaturblättern*, 1819/1821)(以下简称为《雄猫穆尔》)、麦尔维尔(Herman Melville)的《白鲸》(*Moby Dick*)、布施(Wilhelm Busch)的《猴子飞普》(*Fipps der Affe*)、卡夫卡的《一封致科学院的报告》(*Bericht für eine Akademie*),以及达特(Dietmar Dath)的当代科幻小说《废除物种》(*Die Abschaffung der Arten*)等等。在现当代文学中,动物在文学作品中往往发挥的是隐喻功能,这一类作品包括黑塞(Hermann Hesse)的《荒原狼》(*Der Steppenwolf*)、卡夫卡的《变形记》(*Die Verwandlung*)、格拉斯(Günter Grass)的《猫与鼠》(*Katz und Maus*)或《母鼠》(*Die Rätter*)等。

动物以各种形态不断出现在西方文学中,但它们总是因人的原因而存在于文学作品中。换言之,人对动物以及对人与动物之间相互关系的文学想象,归根结底反映的是人对世界和自身的思考,而动物既是这一反思的参照物,又是这一反思的媒介。

事实上,人与动物的关系不仅在文学中,而且在整个西方话语中都是一个既老又新的话题。说它是个老话题，是因为自古以来哲学家们就对它进行过无数的阐释和争辩。而说它同时又是一个新话题，是因为自后结构主义以来，西方传统的二元对立思维模式的根基日渐崩塌，与之相关的主体与客体、文化与自然、人与动物等的对立随之越来越多地遭到质疑。自 20 世纪末以来，西方人文科学界对于动物话题的关注度持续升温，一系列与动物问题相关的理论出版物面世，并涉及人类学、社会学、历史学等多个学科。2007 年，美国历史学家里沃（Harriet Ritvo）首次将这一现象称之为人文学科中的“动物转向”（Animal Turn）[①]，其基本特征是由对“人”的研究转向对“动物”的研究。这一新的研究范式滥觞于英美地区，比如在加拿大和新西兰已经开辟了独立的“动物研究”领域，随后逐渐在西方学界繁盛起来。德语地区也不例外，例如奥地利历史学家丁泽尔巴赫（Peter Dinzelbacher）于 2000 年主编出版了《欧洲历史上的人与动物》[②]，该书系统地阐述了从史前时期至 20 世纪的历史长河中欧洲的人与动物之间关系的发展演变过程，并且将这种关系放置在社会、宗教、文学、艺术、科学等多个领域中进行考察；德国科隆大学德语语言文学学院教授弗里德里希（Udo Friedrich）于 2009 年出版了《人兽与

① Harriet Ritvo: *On the animal Turn*, In: *Daedalus Journal of the American Acedemy of Arts and Sciences* 136/4(2007), S. 118 – 122.

② Peter Dinzelbacher(Hg.): *Mensch und Tier in der Geschichte Europas*. Stuttgart: Kröner 2000.

兽人：中世纪关于动物与人两者界限之话语》[①]，该书从文化学和人类学的基本视角出发，以人与动物之间的界限为观照点，深入探讨了多个文学作品中这一主题的呈现；德国社会学研究学者布什卡（Bonja Buschka）等人于2013年编辑出版了《社会与动物：关于一种矛盾关系的社会学分析》[②]一书，它从社会学的角度分析了被建构起来的社会与动物之间的权力关系。从这些出版物的内容可以看出，这一研究转向主要涉及到的是人文学科，因为过去传统的人文学科的研究对象是人，这从人文学科的英语表达 humanity 就能看出。动物即使偶尔出现在人文学科中，也只是作为一种边缘角色。而传统研究动物的学科为动物学、生理学、动物行为学、生态学、动物医学、农业学等等。"动物转向"正是将人文学科与这些传统的与动物相关的学科结合起来，使得"动物研究"成为众多学科的一个交叉点，除了动物学，还包括社会学、哲学、地理学、经济学、法学、文化学、文学、电影学、戏剧学等。但值得注意的是，从研究"人"到研究"动物"的转向并不是指研究对象的改变和决裂，而是指研究视角的转变。也就是说，研究内容并不是动物本身，而更多的是人

---

① Udo Friedrich: *Menschtier und Tiermensch. Diskurse der Grenzziehung und Grenzüberschreitung im Mittelalter*. Göttingen: Vandenhoeck & Ruprecht 2009.

② Birgit Pfau-Effinger, Sonja Buschka (Hg.): *Gesellschaft und Tiere. Soziologische Analysen zu einem ambivalenten Verhältnis*. Wiesbaden: Springer 2013.

与动物的关系。①

人文学科中“动物转向”的出现，最重要的一个原因是学界对传统的哲学假设——“人类学差异”（Anthropologische Differenz）——的质疑。所谓人类学差异，指的是将人与动物区别开来的本质的东西，即理性和语言。依照“人类学差异”，人与动物分属两个完全不同的范畴，不仅如此，人从自身出发看待动物，本身就具有价值差别，前者为优，后者为劣。对于这一假设的批判来自以下四个方面：第一，随着现代科学的发展，来自动物学相关学科的研究成果不断表明，很多过去认为只有人类掌握的技能，事实上很多动物也会，例如乌鸦会撒谎，海豚会相互取名，黑猩猩和鹦鹉可以用人类的语言交流，倭黑猩猩会制造和使用工具并传授给后代，同时还能将这种工具的地方特色传承下去并形成地方化的饮食文化，等等。同时，进化人类学有证据显示，所有使人成为人的东西，都有一个进化的过程：从第一个文字符号到乔伊斯（James Joyce）的《尤利西斯》（*Ulysses*），从第一个工具到智能手机，从第一支部落的形成到现代社会机制的建立。而无论人类社会如何进化，人类所有的能力都建立在其动物性存在的基础上。第二，动物伦理学和动物保护运动的学者们认为，构成一个伦理社会的并不只有人类，还有其他所

① Chimaira Arbeitskreis（Hg.）：*Human-Animal Studies. Über die gesellschaftliche Natur von Mensch-Tier-Verhältnissen*. Bielefeld：transcript-Verlag 2011. S. 7f.

有的生物。因为动物也有认知能力和感知能力，反过来，动物所具备的能力人类并不一定都有。第三，来自“新物质主义”的批判，主要代表人物是法国哲学家及人类学家拉图尔（Bruno Latour）和美国历史学家及女性主义者哈拉维（Donna Haraway）。前者提出的“行动者网络理论”（Actor Network Theory）将动物看作行动者，而不再是人类的客体对象。它们参与了对大千世界的影响。反过来，人类也不再是与动物相对的独立行动的主体，而是和动物一样，只是所有行动者中的一个。[①] 后者的“同伴物种”（Companion Species）理论将动物视为人类的同伴，是独立的有行动力的生物。[②] 这两种理论并非要将动物放置在人类的位置上取而代之，而更多的是重新定义人与动物，从而将二者置于一个共同的空间内去考察。换言之，这些理论关注的不是动物是否具有人类拥有的能力，比如将动物称作行动者并不是因为它们能像人类一样行动，而是“因为它们如任何其他物质一样，有自己的特点，并能改变一个状况”[③]；而将动物看作是同伴，并非因为它们能像人类一样说话，而是因为它们如任何一

---

① Bruno Latour：*Eine neue Soziologie für eine neue Gesellschaft. Einführung in die Akteur-Netzwek-Theorie*. Aus dem Englischen von Gustav Roßler. Frankfurt am Main：Suhrkamp 2007. S. 23.

② Donna Haraway：*When Species Meet*. Minneapolis/London：University of Minnesota Press 2008. S. 198.

③ Bruno Latour：*Eine neue Soziologie für eine neue Gesellschaft. Einführung in die Akteur-Netzwek-Theorie*. a.a.O.，S. 123.

个生控体系统一样，能够提供一个“接触空间”。[①] 第四，从文化学角度来看，人与动物之间的区分和等级划分并不是简单的自然的存在，而是文化和政治讨论协商的结果。德国社会学家及哲学家霍克海姆（Max Horkheimer）和阿多诺（Theodor W. Adorno）认为，西方文化史是充满暴力的在人与动物之间划界的运动[②]，而意大利当代哲学家阿甘本（Giorgio Agamben）则将这一划界的文化技术称为“人类学机器”。虽然这一文化技术意在从人/动物的二者对立中得出“人性”这一结果，却在无意中开启了一个“不确定的空间”，在这里，人性和动物性不能被区分开来。[③] 法国哲学家德里达（Jacques Derrida）则指出，将“动物”一词作为集体概念来指称除人类以外的所有生物物种的做法是有问题的，他认为这是一种“极其模糊的界限划分”。[④] 由此看来，人与动物之间的区别不是被找到的，而是被制造出来的。

“动物转向”的视角为研究文学中的动物形象以及人与动物的关系提供了新的思路和维度，它与 20 世纪 80

---

① Donna Haraway：*When Species Meet*. a.a.O.，S. 205.

② Max Horkheimer/Theodor W. Adorno：*Mensch und Tier*. In：Roland Borgards，Esther Köhring，Alexander Kling (Hg.)：*Texte zur Tiertheorie*. Stuttgart：Reclam 2015. S. 104 – 116.

③ Giorgio Agamben：*Das Offene. Der Mensch und das Tier*. Aus dem Italienischen von Davide Giuriato. Frankfurt am Main：Suhrkamp 2003. S. 46f.

④ Jacques Derrida：*Das Tier，das ich also bin*. Wien：Passagen-Verlag 2010. S. 54f，70f.

年代中期的“文化学转向”的结合则进一步为文学动物研究打开了更多的可能性。文化学不仅打开了新的视角，更重要的是打破了传统的各学科之间相互独立和相互割裂的局面，以多学科多视角的方式共同探讨一个问题。它可被视为一种调和并结合自然科学与人文科学二者分化对立的方案，是对“人文研究的危机的反应”①。文化学将一切文化现象视为一定历史语境的产物，由此，人们也逐渐认识到文学作品本身的历史建构性和它参与历史构建的特性，这种参与性或是与主流话语相融合，又或是一种质疑，甚至是讥讽与反抗。从这一意义上来说，文学不再仅仅是对现实的再现，其独特的虚构性更是体现了它对世界及对人本身进行的诗意化的建构。文学的这种文化学研究视角也正好与“动物转向”后的跨学科性不谋而合，两者的结合则为文学中的动物研究开辟了新的天地。因此，本书试图立足于文化学所提供的研究视角和方法，结合 20 世纪末以来的“动物转向”，探讨 19 世纪初德语文学中所展现的与动物相关的问题。本书所采用的“文化文学动物研究”(Cultural Literary Animal Studies)②是一种将文化学视角和“动物转向”后的文学动物研究相结合的研究方法，着重考察在一定历史语境中的文学文本

① 王炳钧：《文学研究中的历史人类学视角》，载《外国文学》，2005(4)，33—38 页，此处第 33 页。

② Roland Borgards (Hg.)：*Tiere. Kulturwissenschaftliches Handbuch*. Stuttgart：J.B.Metzler Verlag 2016. S. 225.

中所涉及的动物问题。因此，本书选取的文本不是传统文学动物研究的主要体裁（如寓言和童话）——因为这些文学体裁中的动物形象相对比较固化（如狡猾的狐狸），还有体裁自身的特点，例如寓言中的动物像人一样说话和行动，童话中的神奇元素等——而是处于同一历史时期的小说文本，其中所描述的动物形象并非只是人的替代角色，它们的形象也不是固化的。之所以选择 19 世纪初期，是因为这一时期是人类学和动物学发展史上的重要阶段，大量关于人和动物的知识得以形成，而如何处理这些知识以及如何利用这些知识来构建人类社会或者构建人自身的主体性日渐成为一个重要课题，并不可避免地映射到文学中。

对于文学作品中动物问题的研究，早期多集中在体裁和母题这两大类。体裁研究关注的是各类文学体裁在传统与创新之间的张力场中的特点，而母题研究关注的是某一个元素——例如忠诚的狗或狡猾的狐狸——在文学史上的渊源和传承。早期研究认为，在寓言、童话、动物史诗等文学体裁中，动物扮演了重要的角色。但事实上，这种重要性只是表面的，因为这些动物是拟人化的形象，主人公虽然以动物的形象出现，但其实是人的替代者，而且传统的研究也并未关注动物本身在其中的意义，而只将其看作是以动物形象出现的人来研究。在其他类型的文学作品中，动物形象则并未得到足够的重视和挖掘。文化文学动物研究正是要打破这一狭隘的研究方法和视角，力求使文学作品中动物的意义得到进一步的深入分析与探讨。具体的操作方法是将它放入具体的历史语境中去考察，并同时关注文学本身的审美性。因此，文化文学动物研究主要采用的研究方法有三种：语境化、历史化和诗意化。[①] 德国文化学研究者博嘉慈（Roland Borgards）用三句话来概括这三种研究方法的重要性：没有任何一个关于动物的作品是单独存在而没有语境的[②]；一个关于动物的作品不可能超越它所处的时代[③]；一个关于动物的作品绝非不言而喻。[④] 采用这三种研究方法对文学作品中的动物问题进行研究，目的在于更好地挖掘动物形象以及与其相关的文化问题。动物不再只是替代人类的形象，或人类性格特点的象征，也不只是人为描述自身而借助的工具，或只是与人相对的客体，而是与人生活在同一空间并参与世界构建的参与者。因此，从这一意义上来说，早期研究者对于文学中的动物问题关注得太少，其中还有很多值得关注和探讨的空间。对此，博嘉慈曾用卡夫卡的《法律门前》（*Before the Law*）里那位守门人身上的跳蚤来说明这一问题：首先，对于文学作品中的动物，人们极少阅读甚至是将其直接忽略，就像守门人身上的跳蚤。事实上，动物无处不在，只是需要研究者努

---

① Roland Borgards（Hg.）：*Tiere. Kulturwissenschaftliches Handbuch*. Stuttgart：J.B.Metzler Verlag 2016. S. 228.

② 同上，S. 229.

③ 同上，S. 231.

④ 同上，S. 232.

力去发现它们的存在。过去 20 年来的人文科学都在这方面作出努力,例如前文所提到的学科中的“动物转向”,开辟了多个研究领域如“人—动物—研究”“批判动物研究”“文化动物研究”等等。其目的均在于发现之前被忽略的动物或动物身上被忽略掉的东西,以重建“被忽略动物”的历史。[①] 同时,它们也将这种对于动物的关注视为一种矛盾的、使本学科地位处于不安状态的挑战。就像《法律门前》中的那个乡下人那样,他是在常年的观察之后才发现守门人身上的跳蚤的,读者也不会一眼就关注到动物,对动物的研究更是同理。从 19 世纪一直到 20 世纪,人文学科所关注的多是文化性的人工制造物,例如艺术、媒介、技术、机器、发明等。到了 20 世纪下半叶,新人文主义所关注的是人类赖以掌控世界的那些建构权力的方式:计算、分析、实验、培育、概念、文字、规范、暴力等。直到长时间地研究了这些人工制造物(例如《法律门前》中的门)和构建方式(例如《法律门前》中的法律)之后,人们才开始关注动物。值得注意的还有,从传统意义上来讲,只有孩子、圣人以及精神错乱者才有可能实现与动物的对话,就像《法律门前》中的那个男人一样,也是当他变得孩子气时才开始与跳蚤说话。博嘉慈因此认为,人们研究动物也需以自己变得天真、神圣甚至疯狂为前

① Roland Borgards (Hg.): *Tiere. Kulturwissenschaftliches Handbuch*. a.a.O., S. VII.

提，因为对于我们来说，动物不仅是一个新的研究对象，也是一种新的研究方法。它打破了之前的对立二分法，例如自然—文化、客体—主体、动物性（tierlich①）—人性。由此可见，文化文学动物研究不仅从文化理论视角来看动物，也从动物理论视角来看文化。②

事实上，自古以来的文学中动物无处不在，只不过在不同的时代和语境中呈现出不同的面貌，文学作品中关于人和动物之间张力关系的描写也截然不同。在古希腊罗马时期，人与动物都被看作是大自然的一部分，二者紧密相连，这从很多神话传说中所描写的人（或神）的动物化与动物的人化现象便能看出。同时，这一时期还有关于人与动物之间的性愉悦的谈论。很多怪兽或幻想中的动物形象也产生于这一时期，人们将异域动物的身体部位附加在野兽身上，以突出其危险性。例如吐火的怪兽（Chimäre）就是在狮子的背上结合了山羊的头以及蛇的尾巴，这样它便拥有了三种动物的力量。这些怪兽形象作为人理解和应对世界的产物，其影响力一直持续到中世纪晚期甚至近代早期。这一时期文学作品中的动物还有一个特点便是比喻，《荷马史诗》中的比喻有一半以上是与动物相关的。这些比喻一方面基于当时人类的想象

① tierlich 这个词本身不存在于德语中，是文化研究者们为了体现与人性 menschlich 这个词的对应关系而创造的，因为德语中本身存在的 tierisch 这个词从词根上与人性这个词不对等，并且带有贬义。

② Roland Borgards（Hg.）：*Tiere. Kulturwissenschaftliches Handbuch*. a.a.O.，S. VII.

力,另一方面也是基于对动物本性和行为的理解而创造出来的。例如,在当时受到东方文化的影响下,狮子在希腊成为贵族和英雄的象征,文中有多处用狮子比喻战争的场面。还有一些场景也用动物来比喻,例如将聚集起来的希腊民众比作一群蜜蜂,将他们的撤退比作天鹅的迁徙,等等,用动物比喻人成为史诗的一个重要特征。而在这一时期的另一种文学体裁——寓言(Fabel)——中,用动物比喻人的这种情况显然已经超越了现实观察的这一范畴。这种体裁首次出现是在赫希德(Hesiod)(约公元前 700 年)以及阿希罗赫(Archiloch)(约公元前 650 年)的作品中。但这两位作者只是用这种体裁来表达自身遭遇和个人想法。赫希德在作品中讨论了与他的兄弟的财产继承权问题,他用苍鹰残忍地杀死一只夜莺的故事来说明整个世界秩序充满了暴力和不公。而阿希罗赫则批判了他的岳父之前将女儿许配给他而后又否认这门婚事,他用山雕欺骗他的朋友狐狸,最后被宙斯惩罚的寓言来说明。这种文学体裁在古希腊迅速传播开来,于是便产生了著名的伊索寓言。寓言故事最初的作用主要是作为例子在论述中进行说明,并从中得出一个具有教育意义的结论。后来,这些故事逐渐成为了一种独立的文学体裁。寓言中的动物被赋予了一定的性格和行为特征,来代表某些特定类型的人。这种对动物形象的固化奠定了西方话语中对动物的认识。

到了中世纪时期,基督教文化对文学作品中的动物描写产生了重要的影响。一方面,在《圣经》(*Bible*)中有很多用动物作比喻的描述,例如狮子可以比作基督,但也可以比作魔鬼;用羔羊比作基督,象征基督的献祭。另一方面,有很多名义上关于动物学或生理学方面的书籍,事实上也为基督教文化服务。其中最著名的是流行于中世纪早期和中期的《自然史》(*Psysiologus*),这本书最早产生于公元2世纪到4世纪,用希腊语写成。最早的版本有48个章节,描写了各种植物、石头以及动物并以比喻的方式指代基督的救世史。到了中世纪,这本书被大量翻译成各种语言,在欧洲流传。以动物为主角的文学体裁在中世纪也有很多,比如寓言、动物史诗、童话或滑稽故事等。寓言继承了古希腊罗马时期的传统,也具有教育意义。但与古希腊罗马时期不同的是,这时的教育意义更多是与基督教联系在一起的。基督教文化中对于人和动物之间关系的定位比较明确:上帝造人是为自己服务的,而上帝创造世界则是为人服务的。由此而言,人是所有生物的中心,其他一切生物都位于人之下。而世俗的法律规定则更加强了这一观念:人可以支配动物,但人对动物没有任何义务。

近代初期的文学作品中较少涉及动物,唯一的例外是盛行于中世纪时期、于18世纪再次繁荣起来的文学体裁——寓言,它延续了寓言的比喻和教育的作用。不过,这一时期开始出现了不少论述人与动物之间区别的哲学思想著作,其原因当然也与这一历史时期紧密相连。近代发生了三大重要历史事件：文艺复兴、宗教改革和启蒙运动。文艺复兴的人文主义核心价值，宗教改革对教会的质疑，启蒙运动提倡的理性主义，这三者不仅深刻地影响了欧洲人的世界观，也推动了欧洲社会世俗化的进程。而这三者的关键词都是“人”。人文主义关注的是人的生活规划，很少涉及对其他生物的新认识。所谓对人的关注实际上就是将人放在中心地位，尤其关注人的特殊性，因此它实际上也将人和动物区分开来，将人性靠近神性。对人的个性化的强调也展示了人超越动物的一面。不过，相对于文艺复兴来说，宗教改革对德国的影响大得多。从 16 世纪以后，马丁·路德的“因信称义”思想在德国形成了根深蒂固的敬虔主义传统。这种传统坚持虔诚的信仰和内在的自由，德国近代的哲学思想，包括 18 世纪德国的启蒙运动，以及后来的一系列社会变革，都可以看到这种敬虔主义传统的深刻烙印。[①] 宗教改革对教会存在的合理性提出了直接的挑战和质疑，中世纪一手遮天的天主教会势力遭受了重创，这客观上促进了 17 世纪欧洲科学和哲学的发展。在科学方面，出现了一大批伟大的科学家，例如伽利略（Galileo Galilei）、开普勒（Johannes Kepler）、惠更斯（Christiaan Huygens）、波义耳（Robert Boyle）、牛顿（Isaac Newton）等。在哲学方面，有培根（Francis Bacon）、霍布斯（Thomas Hobbes）、

---

① 赵林：《基督教与西方文化》，273 页，北京，商务印书馆，2013。

洛克(John Locke)、笛卡尔(Rene Descartes)、斯宾诺莎(Baruch de Spinoza)等。17 世纪的欧洲科学和哲学大放异彩,很多新发现和新思潮都对后世产生了深远的影响,其中就包括很多讨论人与动物之间的区别与联系的论断,因为这一时期的自然科学的发展带来了大量关于人和动物的知识。具有代表性的是笛卡尔的身心二元论,他认为理智是唯一区分人和动物并使人成为人的东西。也就是说,他认为动物相对人来说不是少一些理智,而是根本没有理智。按照他的理论,动物只是一个有机体,按照内部构造运行,就像一个机器一样。洛克认为人在一切其他物种之上,这种思想早在斯宾诺莎的著作中就已经存在。斯宾诺莎虽然不否认动物有感知,但他将动物看作人类利用的客体,并认为将动物有感知这一点作为禁止人类利用动物的理由是荒唐的。霍布斯也认为人拥有处置动物的权利,因为动物没有理智。而启蒙运动也是在以"理智"为关键词的旗帜下进行的。在康德(Immanuel Kant)看来,人的"兽性"(Tierheit im Menschen)[①]只有通过掌握理智来克服。启蒙运动强调的理智和理性都使人一跃成为个体化的认知主体。在这种情况下,人便成为了人与动物之间关系的中心。

显然,从古希腊罗马时期至近代以来的西方文学史

---

① Immanuel Kant: *Die Religion innerhalb der Grenzen der bloßen Vernunft*. Hamburg: Meiner 1956. S. 26.

可以看到，动物形象大体上经历了从神化到人化直到物化的变化过程。从 18 世纪中叶起，随着人类学和其他多个学科的相继建立，大量关于人和动物的知识得以形成。人与动物之间的关系逐渐变得敏感而复杂，人与动物之间的界限开始变得模糊不清。因此，本书立足文化文学动物研究的视角和方法，尝试探讨 19 世纪初期人与动物之间的张力关系问题。在 19 世纪初期这样一个人类学与动物学发展的关键时期，这种张力关系是如何在文学作品中得到体现与演绎的？文学对于当时的人类学与动物学话语作出了哪些回应与反思？作为"他者"的动物在人类世界的建构中发挥着怎样的作用？带着这些问题，本书尝试对 19 世纪初期的三部德语文学作品进行全新解读，分别是约翰·沃尔夫冈·冯·歌德（Johann Wolfgang von Goethe，1749—1832）的《中篇》（*Novelle*，1828）、威廉·豪夫（Wilhelm Hauff，1802—1827）的《作为人的猴子》（*Der Affe als Mensch*，1826）以及霍夫曼（Ernst Theodor Amadeus Hoffmann[1]，1776—1822）的《雄猫穆尔》。选择这三部作品，主要基于三方面的考虑：第一，动物在这三部作品中均处于核心地位，对事件的发展或人物的塑造起着关键作用。同时，三部作品的动物也分别代表了三种不同类型的动物：从空间上来说，《中

---

① E. T. A. Hoffmann 原名为 Ernst Theodor Wilhelm Hoffmann，后由于对音乐的热爱和对莫扎特（Wolfgang Amadeus Mozart）的崇拜，他将自己的最后一个名字改为了 Amadeus。

篇》中的老虎和狮子是被隔离出人类世界的猛兽;《作为人的猴子》中的大猩猩是介于人类世界和动物世界之间的被规训的马戏团表演动物;《雄猫穆尔》中的动物则是与人类世界联系最为紧密的家猫。从文学形象来看,《中篇》中的老虎和狮子是文学描述事件中的所谓“真实动物”(它们的行为与现实中动物的行为相近);《作为人的猴子》中的大猩猩既是马戏团中的动物,又是小城新来的“陌生人”,灵长类动物作为人与动物交界地带的中间物也出现在文学作品中;《雄猫穆尔》中的雄猫则是一只兼具“真实”和想象的能写作的文学动物。三种不同类型的动物在文学作品中的演绎和呈现各有不同,因此,本书希望通过对不同文本中不同类型的动物的解析来展现这一历史时期中人与动物之间的张力关系。第二,三个文本中关于动物的知识或想象都与 19 世纪初期的时代语境相关联。《中篇》中关于驯狮的描写表明了人类对于猛兽的制服之心,而坚定的人类学差异理念也彰显了人类中心主义思想。对《作为人的猴子》中的大猩猩的驯化和教育反映了彼时人类对于自身及对动物的教育理想,对人与猴子之间的模糊界限的动态描述也与当时的动物学知识息息相关。《雄猫穆尔》中对人与动物的对比描写则完全突破了“动物没有理性”这一观点,并同时强调了非理性因素的影响力。因此,人类基于理性而优于动物的理念在这里被彻底消解。三个文本中人对动物的态度以及文本对人与动物关系的反思都各不相同。第三,三个文本处于同一历史时期，即 19 世纪初期，本书试图探究这一时期德语文学作品中动物话语的特征，分析动物作为人类的“他者”的比照和象征功能，以期挖掘动物对人类身份认知和社会秩序建构的意义。选择这一历史时期而非文学史中的某一时期，正是试图打破传统文学流派的划分，以历史语境的视角进入文本内部，以探求文学作品本身的建构性与张力。按照传统文学流派的划分法，这一时期既有魏玛古典文学，又有浪漫派文学。然而这种划分都是后人的总结和定位，当时活跃在文坛的这些作家们，无论是歌德、席勒，还是其他作家，都未称自己为古典作家。因此，将某个作家和作品简单地归入某一个文学流派，这种方法值得商榷。对于文学研究来说，这可能意味着忽视了某些作品的丰富性，同时也将某些有研究意义的作家排除在外。[①] 也正是出于上述原因，希望将这些不同的作品——传统上被认为是古典派的歌德的作品、被归为浪漫派的霍夫曼的作品以及不太容易归为某个文学流派的豪夫[②]的作品——放到同一个历史框架下进行分析，可以展现这一时期文学对人与动物之间关系的不同关注点，以及动物对人类建构自我和应对世界的多种可能性的影响。

---

① Hans-Georg Werner：*Literarische “Klassik” in Deutschland? Thesen zum Gebrauch eines Terminus*. In：*Jahrbuch der deutschen Schillergesellschaft*. Jahrgang 32 (1988)，S. 360f.

② 关于豪夫的文学流派归类，学界颇有争议。有学者认为他属于浪漫派作家，也有学者认为他的作品受到了浪漫派的影响，但并不属于这一派。

《中篇》属于歌德的晚期作品，发表于 1828 年。从小说的题目很难看出这个小说的主题，因为歌德用了一种当时比较流行的文学体裁——中篇小说(Novelle)——来命名这个作品。他认为，中篇小说的特点就是“发生的一个闻所未闻的故事”[①](eine sich ereignete, unerhörte Begebenheit)，并批判当时的很多自誉为中篇小说的文学作品都不符合这一体裁的特色。在与艾克曼(Johann Peter Eckermann)的谈话中他说：“您知道吗？我们就叫它‘中篇’，因为中篇小说就是讲述发生的一个闻所未闻的故事。这是它本来的概念。现在德国很多称为中篇小说的作品根本就不是中篇小说，而只是一个故事(Erzählung)或者他们愿意称之为的其他什么。”[②]歌德所说的这个“闻所未闻的故事”便是围绕着两只动物展开的——老虎和狮子。在集市开放的日子里，作为外地人的驯养人一家三口——男人、女人和小男孩——带着装在笼子里的一只老虎和一头狮子来到侯爵所管辖的地区，将两头猛兽用于展出，以满足当地人的好奇心。然而由于突发的一场大火，两头猛兽从笼子里逃了出来。其中老虎正好撞上出游的侯爵夫人及其侍卫，侍卫拔枪射杀了老虎，令赶来的女人和男孩悲痛不已。随后男人请求狩猎归来的侯爵，不要伤害那头狮子。侯爵半信半疑

---

① Johann Peter Eckermann: *Gespräche mit Goethe in den letzten Jahren seines Lebens*. Hg. von Otto Schönberger. Stuttgart: Reclam 1994. S. 234.

② Ebd.

地答应了他的请求，由小男孩去驯服狮子。故事最终以狮子被男孩的笛声所征服而收尾。相对于歌德的其他作品，目前学界对这篇小说的关注度较低，分析的视角也比较有限，主要是从人物关系以及母题方面展开探讨。索伊福特[1](Bernhard Seuffert)在评论中认为，全篇故事中唯一有发展的一个人物是霍诺里奥(Honorio)，讲述了他与侯爵夫人隐蔽的爱情以及他之后的发展，即战胜自我。魏舍[2](Erwin Wäsche)从故事发生的时间、空间及其象征意义方面对其做了阐释。还有学者将作品与法国大革命的时代背景联系起来分析，例如施泰格[3](Emil Staiger)、舒尔茨[4](Gerhard Schulz)及施班霍夫[5](Christof Spannhoff)等的研究。到目前为止，只有博嘉慈[6]在一篇讨论狮子在文学

① Bernhard Seuffert: *Goethes Novelle*. In: Ludwig Geiger (Hg.): *Goethe-Jahrbuch, 19. Band*. Frankfurt am Main: Rütten & Loening 1898. S. 133 - 166.

② Erwin Wäsche: *Honorio und der Löwe. Studie über Goethes Novelle*. Säckigen: Stratz 1947.

③ Emil Steiger: *Goethe "Novelle"*. In: Emil Staiger: *Meisterwerke deutscher Sprache aus dem neunzehnten Jahrhundert*. Dritte Auflage. Zürich: Atlantis Verl. 1957. S. 135 - 162.

④ Gerhard Schulz: *Die deutsche Literatur zwischen Französischen Revolution und Restauration. Teil 2: Das Zeitalter der Napoleonischen Kriege und der Restauration 1806 - 1830*. München: C.H.Beck 1989. S. 334 - 339.

⑤ Christof Spannhoff: *Goethes "Novelle". Eine Kritik an Revolution und Restauration?* Studienarbeit. Westfällische Wilhelms-Universität Münster. 2005.

⑥ Roland Borgards: *Löwen. Poetik und Politik der Tiere bei Brocks, Ridinger und Buffon*. In: Friederike Günter, Jörg Robert (Hg.): *Poetik des Wilden. Wolfgang Riedel zum 60*. Geburtstag. Würzbug: Königshausen & Neumann 2012. S. 149 - 178.

作品中的隐喻的文章中提到了《中篇》，作了相关分析。因此，从动物视角对《中篇》的研究几乎仍是空白，还有值得深入探讨的空间和意义。

《作为人的猴子》出自豪夫自1825年先后出版的年鉴形式的童话集《为有修养阶层的儿女们而作的童话年鉴》(*Märchen-Almanach für Söhne und Töchter gebildeter Stände*)，属于一组框架叙事故事《亚历山大酋长和他的奴隶们》(*Der Scheik von Alessandria und seine Sklaven*)下的一个独立的故事。故事的发生地是在德国的一个名叫格林威塞尔的小城，一个外乡人将一只猴子装扮成人的样子，给这个小城的生活带来了翻天覆地的变化。乍一看，这是一个让人啼笑皆非的故事。对于这篇作品，过去的研究多数是放在对豪夫童话作品的框架下来进行的，例如贝克曼①(Sabine Beckmann)对豪夫童话年鉴的框架叙事结构性的研究，或是马提尼②(Fritz Martini)对豪夫童话的特点以及其中的母题所作的分析，还有史密慈③(Walter Schmitz)对豪夫童话所呈现的作用的阐述。

---

① Sabine Beckman: *Wilhelm Hauff. Seine Märchenalmanache als Zyklische Kompositionen*. Bonn: Bouvier 1976.

② Fritz Martini: *Wilhelm Hauff*. In: Benno von Wiese (Hg.): *Deutsche Dichter der Romantik. Ihr Leben und Werk*. 2., überarbeitete Auflage. Berlin: Erich Schmidt 1983. S. 532 - 562.

③ Walter Schmitz: *"Mutabor". Alterität und Lebenswechsel in den Märchen von Wilhelm Hauff*. In: Wolfgang Bunzel, Konrad Feilchenfeldt und Walter Schmitz (Hg.): *Schnittpunkt Romantik. Text-und Quellenstudien zur Literatur des 19. Jahrhunderts*. Festschrift für Sibylle von Steinsdorff. Tübingen: Max Niemeyer Verlag 1997. S. 81 - 117.

马特[①](Peter von Matt)则是将这篇文本与霍夫曼的《沙人》(*Der Sandmann*)作对比,以分析两者的共同点。同时,也有一些学者关注到了猴子这一角色,对此做了相关阐述,例如施吕德[②](Peter Schnyder)、格里克[③](Horst-Jürgen Gerigk)。但他们都是在论述文学史上"猴子"作为一种特殊形象出现时,提到了豪夫的这篇作品,并没有对文本本身进行更深入的分析,也更多地属于传统式的母题研究。国内学者王炳钧[④]则从教育和空间视角对这个文本做了非常细致的阐述。本书力图从动物视角出发,对猴子这一角色在 19 世纪初期历史语境中的意义进行新的挖掘。

《雄猫穆尔》这部小说以杂糅的方式分别讲述了一只名为穆尔的雄猫和乐队指挥克莱斯勒的生活经历,讲述内容相对独立,但两部分却又通过同一个人物亚伯拉罕师

---

① Peter von Matt: *Wilhelm Hauff oder der Weg in die Klarheit*. In: Ernst Osterkamp, Andrea Polaschegg und Erhard Schütz (Hg.): *Wilhelm Hauff oder die Virtuosität der Einbidlungskraft*. Göttingen: Wallstein Verlag 2005. S. 21 - 37.

② Peter Schnyder: "*Am Rande der Vernunft*". *Der Orang-Utan als monströse Figur des Dritten von Herder bis Hauff und Flaubert*. In: Roland Borgard, Christiane Holm, Günter Oesterle (Hg.): *Monster. Zur ästhetischen Verfassung eines Grenzbewohners*. Würzburg: Königshausen & Neumann 2009. S. 255 - 272.

③ Horst-Jürgen Gerigk: *Der Mensch als Affe in der deutschen, französischen, russischen, englischen und amerikanischen Literatur des 19. und 20. Jahrhunderts*. Hürtgenwald: Pressler 1989. S. 41 - 48.

④ 王炳钧:《威廉·豪夫的〈作为人的猴子〉中的空间秩序逻辑》,载《外国文学》,2013(1),3—8 页。

傅串联起来。相对于前面两个文本来说，它在学界引起的关注度要高得多。不过小说刚出版时所引起的反响也较小，直到20世纪初期才在德国引起重视。学界对《雄猫穆尔》的研究主要集中在断片及杂糅式的叙事结构、小说与传统成长小说的关系、讽刺性语言、小说的互文性以及艺术家与市民生活之间的矛盾问题，学者们从形式、语言到内容都有不同的阐述。但总的来说，学界对于雄猫穆尔这一部分的重视程度远不如乐队指挥克莱斯勒传记的部分，甚至有很多研究者主张将穆尔部分去掉，认为它是多余的①，或只将穆尔当作市侩形象与克莱斯勒作对比，如格尔根斯②(Lutz Hermann Görgens)的研究。贝尔茨莉③(Christa-Maria Beardsley)的专著考察了霍夫曼作品中的动物形象，其中也涉及到雄猫穆尔这一部分，她认为穆尔这一形象多是用来达到讽刺的目的。真正意义上从动物的视角出发，并结合当时的哲学思想来探讨穆尔这一角色的要数科夫曼(Sarah Kofman)的专著《像猫一样写作》④

---

① Detlef Kremer: *E. T. A. Hoffmann. Erzählungen und Romane*. Berlin: Schmidt 1999. S. 200 – 225. Kremer 在其中提到了很多研究者都不重视穆尔部分，例如 Hans von Müller, Oswald Spengler, Richard Benz 等。

② Lutz Hermann Görgens: *Die Haustiere des Kapellmeisters. Untersuchung zum Phantastischen im literarischen Werk E. T. A. Hoffmanns*. Uni. Diss. Tübingen 1985.

③ Christa-Maria Beardsley: *E. T. A. Hoffmanns Tierfiguren im Kontext der Romantik*. Bonn: Bouvier 1985.

④ Sarah Kofman: *Schreiben wie eine Katze. Zu E. T. A. Hoffmanns "Lebens-Ansichten des Katers Murr"*. Aus dem Französischen von Monika Buchgeister und Hans-Walter Schmidt. Wien, Graz: Böhlau 1985.

(*Schreiben wie eine Katze*)。作者以质疑人类否定动物书写能力这一观点开始,从多个方面阐述了人与动物的关系,同时也涉及到对克莱斯勒这一人物的解读。总的来说,对小说中动物形象研究的空间还很多。本书希望采用文化文学动物研究的方法对《雄猫穆尔》一书作新的解读,并将它与前面两个同时期的文本作对比,关注动物作为"他者"在不同文本中的展现。

第一章　人类学差异与他者概述

动物被视为人的他者，在西方思想史上的历史源远流长。从西方传统哲学追问世界的本源和“我是谁”开始，便出现了自我和他者的区分。动物作为人类生存和发展中与人类联系最为紧密又最为相似的生命体，从一开始就成为人类探寻自我认知的参照坐标。本章将着重从人类学差异及他者概念入手，探讨动物作为人的他者的根源，同时阐述19世纪初期的动物语境，以便进一步分析三部文学作品中的动物他者问题。

一、动物概念

“动物”一词源于拉丁语animal，原指一切有感知能力的活着的生物，这当然也包括人在内。林奈（Carl von Linne）在对动物进行分类时，将人归入了动物界下属的脊索动物门、哺乳纲、灵长目。不过，随着人类文明的发展，人越发将自己与动物区分开来，而将动物这个原本用于与植物相对的生物学用语变成了与人相对的、将除去人之外的所有动物物种概括起来的形而上概念。德国哲学家安德尔斯（Günther Anders）称这种将所有动物物种简化为一个词“动物”的做法为“人类中心主义的自大狂”：“……将‘人’单个物种作为与数以千种且完全不同的动物物种同等的对应物，并对待它们就好像它们只有唯一一种动物存在形式一样，这种理念简直就是一种人类中心主义的自大狂。关于蚂蚁的那个寓言——蚂蚁在它们的大学中区分了‘植物、动物和蚂蚁’——应该成为这种狂妄自大的警示，并放在每一本‘哲学人类学’教科书之前。”[①]这个问题也是当代法国哲学家德里达在其著作《我所是的动物》（*The Animal That Therefore I Am*）中着重阐述的一点。德里达指出，正是人对动物的命名，使得人确立了自己的中心位置以及对动物的权力：“是的，动物，好一个词！动物是人给自己以给予的权力时所给出的一个词……他们给自己这个词是为了用一个单个的概念‘动物’来将许多的生物关进畜栏。”[②]他还从《创世记》中找到了这一思想渊源：“正是男人 Ish，仍是独身一人时，给了在他之前被创造出来的动物的名字：‘人叫出

① Günther Anders: *Die Antiquiertheit des Menschen* (*1956*), Band 1. München: C. H. Beck 1994. S. 327. Anm. 33.

② ［法］德里达（Jacques Derrida）：《我所是的动物》，载《解构与思想的未来》，长春，吉林人民出版社，2006，110—175 页，此处第 146 页。

了每种动物的名字'，一种翻译说；另一种为：'人用动物的名字来称呼它们'。"[①]在他看来，这种做法是不恰当的，甚至是一种罪行："在非人类中以及从非人类中分离，存在着一种其他生物的巨大的复多性，这些生物用任何方式都不能被同质于被称为普遍的动物或动物性的类别之中，除非用暴力和故意的无知的方式。"[②]事实上，这种对所有非人类的生物物种的同质化正是"动物"作为人的他者的重要前提。虽然我们面对的是具体的不同种类的动物个体，但人类在自我理解和探索中则将它们都抽象为"他者"，从而达到建构自我的效果。在现代人类学话语中，动物也不再包括人，这从各种语言学词典的解释中也能看出。例如《杜登德语大词典》中对"动物"一词的解释是：具有感知和呼吸器官、以其他动物或植物为生、通常能自由活动的生物，并不具备逻辑思维能力和语言能力。显然，从这一基本定义我们就能看出西方哲学传统上对动物的定义痕迹，即所谓的"人类学差异"——与人相比，动物没有逻辑思维能力和语言能力。而这一论断深刻地影响了西方社会的动物观。接下来将讨论西方思想史上不同时期对于这一问题的讨论，以挖掘动物作为他者的渊源。

---

① [法] 德里达(Jacques Derrida)：《我所是的动物》，载《解构与思想的未来》，长春，吉林人民出版社，2006，127页。

② 同上，165页。

二、人类学差异

人类学差异指的是人与动物之间的根本区别[①]，这种区别定义了人与动物的不同以及人应该是什么样子。正是这一点使得动物被作为人类的他者来看待。这也是西方哲学关注动物的重要原因，因为哲学的目的首先是要理解人类自身。康德提出的三大基本哲学问题“我知道什么？”“我应该做什么？”“我能期待什么？”，归根结底都是人类学问题“人是什么？”，而“自我”的形成通常依赖于界定自我与他者的差异。康德在面对这一问题时也是通过人类学差异来解答的，即人与动物的区别。可以说，人类学差异是哲学和所有普遍文化的基础区分之一。在以下关于人类学差异的历史脉络梳理中，除了哲学论述是重点以外，也包括了一些其他类型的文体，例如文学的或科学的，甚至是论战文章，等等，因为关于人与动物之间关系的探讨存在于西方思想史的各个领域和各个层面。

事实上，西方哲学关于人类学差异的讨论始于亚里士多德（Aristotle）。他在《政治学》（*Politik*）中表明，所有的生物都有声音，用于表达情感，但只有人拥有语言，

---

① Makus Wild：*Anthropologische Differenz*. In：Roland Borgards（Hg.）：*Tiere. Kulturwissenschaftliches Handbuch*. Stuttgart：J. B. Metzler 2016. S. 47－59. Hier S. 47.

由此可以区分真假好坏，正义与非正义。相对于动物，这是人独特的地方。[①] 亚里士多德将生物解释为身体与灵魂的结合，这里的灵魂负责生命功能的运作。他将灵魂分为三种：植物有植物灵魂（Vegetative Seele），负责生长、获取营养和繁殖；动物有感知灵魂（Sensitive Seele），可以感知外部世界，而且还拥有记忆力；人拥有理性灵魂（Rationale Seele），这使得人具有思考的能力。亚里士多德对人与动物的区分在道德价值判断中具有重要意义，在他看来，缺乏理性的或仅能感知别人的理性的（原文指奴隶，动物是既不具有理性，也不能感知别人理性的生物），就可以成为并确实成为别人的财产。[②] 这样一来，动物便不被纳入需要考虑道德问题的领域。亚里士多德关于人类学差异的观点很大程度上影响了西方哲学的讨论，尤其是12世纪之后的中世纪哲学对这一问题的探讨。在经历了17至19世纪短暂的没落之后，这一观点直到今天都还在发挥着影响。当然，在古希腊罗马时期也有怀疑派反对亚里士多德这种观点，这一怀疑的传统也一直延续到近代。塞克斯图斯·恩丕里柯（Sextus Empiricus）就曾提出，人类提出的观点和结论都是从人的视角出发的，但动物也有它们的视角，例如猫或山羊，它们的瞳孔更长或更斜，看到的世界和人类看到的是不

① Aristoteles: *Politik*. In: Roland Borgards, Esther Köhring, Alexander Kling (Hg.): *Texte zur Tiertheorie*. a.a.O., S. 27 – 28.

② 同上，S. 31.

一样的，这里并不存在一个中立的视角，因此无法断定哪一种视角是真实反映世界的。[①]

古罗马政治家及哲学家西塞罗（Marcus Tullius Cicero）从人的手和手指的能力出发，谈到了人类的创造性。他认为人的手能作画、制作模具、雕刻，还能弹琴、演奏笛子等。不过最重要的功能则是耕种、造房、织衣等，满足了人类的生存需要。而动物则没有这些创造性，它们只会从现有的物质世界中获取食物，因此它们是为了人类而存在，服务于人类的。[②]

这种观点到了中世纪时则流传更为广泛，因为中世纪的经院哲学对人与动物的区分是从基督教立场出发的。而按照《圣经》的说法，人和动物都是由上帝创造的，但两者是完全不同的种类，人是按照上帝的样貌创造的，而动物正是为了服务于人而被创造出来的。《创世记》第一章中记载："神说：我们要照着我们的形像、按照我们的样子造人，让他们管理海里的鱼、空中的鸟、地上的牲畜，以及地上所爬的一切昆虫。（1：26）神就照着自己的形像造人，乃是照着他的形像造男造女。（1：27）"[③]由此得出的结论是：人处于上帝之下，却高于世间万物。这无疑进

---

① 参见 Makus Wild：*Anthropologische Differenz*. In：Roland Borgard (Hg.)：*Tiere. Kulturwissenschaftliches Handbuch*. a.a.O.，S. 50.

② 参见 Cicero：*Vom Wesen der Götter*. In：Manuela Linnemann (Hg.)：*Brüder*，*Bestien*，*Automaten. Das Tier im abendländischen Denken*. Erlangen：Fischer 2000. S. 17－20.

③《圣经》旧约《创世记》第一章第 26、27 节。

一步强化了人类学差异的概念，并且这种差异是绝对性的，是源于造物主的。

近代时期的哲学家们从一开始就对人类学差异这一课题争论不休。西班牙文学巨匠塞万提斯（Miguel de Cervantes）的一篇名为《希皮永与贝尔甘察的对话》（*Coloquio de los perros*）的小说描写了两条狗之间的交谈：其中一条狗首先对自己能说话感到惊讶，认为这超越了它的自然界限。更神奇的是，它们不仅能用语言交流，还运用了理性进行思考和讨论，而只有人才有理性。显然，这些都是对传统人类学差异的表达。但另一条狗则表示，语言能力只是表面现象，最重要的是，狗与人一样拥有理解能力和逻辑思维能力。延展这一文学对于人类学差异的反思论述便能看到，人与动物之间的人类学差异要么并不在于是否拥有理性，要么就根本不存在。事实上，对于人类学差异的质疑，在这之前已经有人提出，法国哲学家蒙田（Michel de Montaigne）早在1580年出版的《随笔集》（*Essais*）中的一篇文章《为塞朋德辩护》（*Apologie für Raimundus Sebundus*）就将古希腊罗马时期的怀疑论推向了极致，他不仅将"视角说"论据加以扩展，而且还假设，或许动物可以了解人类不能接近了解的某些事物的特征。如果说动物拥有的是与人类不同的感官，甚至是更适合感知世界的感受能力，那么它们就可能拥有看世界更合适的视角。同时，他认为动物也有理性、语言能力和道德能力。这样一来，蒙田不仅抹除了人类学差异，甚至还在假设中将其倒置。传统的人类学差异公式“人＝动物＋X”变成了“动物＝人＋X”。应该说，蒙田这种观点的挑战性在于，它打破了传统视角和概念，使得动物占据了高于人类的地位。他提出的最著名的问题便是：当我在与猫玩耍时，谁知道，或许是它在打发时间陪我戏耍更甚于我在与它玩呢？[①]

对蒙田提出的质疑最为激烈的回应来自笛卡尔。笛卡尔将人看作两种完全不同物质的结合，即身体（res extensa）与灵魂（res cogitans）。笛卡尔认为，所有生物的身体都是机器，无论是人还是动物，大自然本身也可以看作是一个大的机器。但人与动物不同的是，人具有灵魂，而动物只是机器。[②] 这种身体的“机器说”显然与 17 世纪时用机械论来解释自然现象有关。需要注意的是，笛卡尔所说的灵魂与亚里士多德所说的灵魂有区别。亚里士多德认为，人与动物在灵魂上的区别只是度上的差别，而在笛卡尔看来，这种区别已经变成质的差别——有和没有。对于他提出的“动物是机器一般的存在”这一论点，反对者提出了两个问题：机器怎么能是活的？机器如何能感知？对于前者，笛卡尔认为只要用心脏的功能就能

---

① Michel de Montaigne：*Essais* ［*1580/1588*］. Frankfurt am Main：Eichborn Verlag 1998. S. 223ff.

② Rene Descartes：*Bericht über die Methode*（*1637*）. In：Roland Borgards, Esther Köhring, Alexander Kling（Hg.）：*Texte zur Tiertheorie*. .a.a.O.，S. 55－60.

解释生命机能问题，因此亚里士多德所说的植物灵魂说是多余的。而对于后者，笛卡尔认为用生理机能就能解释动物的感知能力，因此亚里士多德提出的感知灵魂说也是没有必要的。他指出，机器的机械化解释理念都能用在动物身上，而人则不一样，人不仅有机械化的身体，还有会思考的灵魂。在笛卡尔之前，没有任何一个思想家像他一样将人类学差异如此极端化。恰恰也正是他提出的这种二元对立论，使得动物更加“理所当然”地被作为人类的他者来看待。

笛卡尔的观点引发了一场关于动物灵魂的争论。针对笛卡尔的看法，不少人提出了反驳和质疑，其中包括法国哲学家拉美特利（Julien Offray de La Mettrie）及英国哲学家边沁（Jeremy Bentham）等。边沁是效益主义[①]（Utilitarismus）创始人，也是最早支持动物权利的人之一，他在 1789 年出版的《道德与立法原理导论》（*Introduction to the Principles of Morals and Legislation*）中的一个注脚里提出，问题不在于它们能思考吗，也不在于它们能说话吗，而在于它们能感受到痛苦吗。[②]

英国经验主义代表人物洛克（John Locke）从认识论

① Utilitarismus 国内最初翻译为“功利主义”，但由于“功利”这个词在中文里带有贬义，后有学者将其称为“效益主义”或“实利主义”。

② Jeremy Bentham：*Eine Einführung in die Prinzipien der Moral und der Gesetzgebung*. In：Roland Borgards，Esther Köhring，Alexander Kling (Hg.)：*Texte zur Tiertheorie*. Stuttgart：Reclam 2015. S. 63 – 65. Hier S. 65.

的角度探讨了人与动物的区别。他认为，我们所有的知识都源于理念（Ideen）。动物拥有简单的理念，并且可以从中组成复杂的理念。但与人不同的是，它们只能组成具体的理念，而不能形成抽象化的或普遍化的理念，并且动物没有表达抽象理念的词句。这便是洛克认为的人类学差异。但这种用抽象能力和语言能力来区分人与动物的说法也有一定的问题，因为抽象理念与语言能力之间没有必然联系，并且持批判意见的学者例如休谟（David Hume）还指出，所谓的抽象理念没有任何特征，因此他否定了这种人类学差异。休谟认为，人与人之间有差别，正如人与动物之间有差别一样，是一种度上的差别。但在谈到关于乱伦问题时，他对动物没有道德上的评价，而对人有。由此可见，休谟把人类学差异从认知转移到了道德上。休谟认为，道德是人类基本且独有的特征，并非如过去的学者认为的，是认知带来的结果。①

18 世纪最有影响力的德国哲学家之一康德（Immanuel Kant）在人与动物的关系问题上可以说是坚定的人类中心主义者。他认为，“只从理性角度来判断，人只对人（自己或他人）有义务；这是因为，对某个主体的义务，是从那个主体的意志里产生出来的道德强制。承受这种强制（义务）的主体，第一，必须是人格体（Person），第二，这个

① Makus Wild：*Anthropologische Differenz*. a.a.O.，S. 53.

人格体必须作为经验对象存在"[①]。康德虽然提出要善待动物，但这并非出于对动物的关爱，而是将这种行为作为一种改善人类的方法：因为如果对动物残暴，那么就可能对人也残暴。由此可见，康德的着眼点始终在人而不是动物。

自认为是康德思想继承者的德国哲学家叔本华(Arthur Schopenhauer)在看待人与动物的关系上与康德大相径庭。他提出，同情是一切道德行为的真正来源，并且认为，在意志的世界中人与动物是一体的。叔本华的哲学观受到印度哲学的影响，他批判西方哲学中将动物排除在外的基督教主体论带来的影响。尽管如此，他并不否认人类学差异，但他认为这种理性上的差异是次要的。相反，他更强调两者的共性，也就是动物和人一样，都是有意志的个体：

> 人与动物本质的和主要的东西是同样的，将两者区分开来的并非首要的、原则性的、原始的、本质的东西——两者的核心都是意志的个体，而只是次要的、智力上的、认知度上的，人类由于获得了名为理性的抽象认知能力，从而具有更高的认知度，并且被证实只是因为身体唯一一个部分的不同而造成，

① Immanuel Kant: *Metaphysik der Sitten*. In: Roland Borgards, Esther Köhring, Alexander Kling (Hg.): *Texte zur Tiertheorie*. a.a.O., S. 68.

> 也就是人类大脑的脑皮层发展得更好，并且这只是量上的差别。相比之下，人与动物的相同之处，无论是精神方面还是身体方面，都远远高于两者在智力上的差别。①

叔本华还对很多语言中区分人和动物的表达提出了批判，尤其针对德语的词汇，例如德语中对于动物的吃、喝、受孕、生产、死亡以及动物的尸体都有特定的、不同于人的词汇。他认为，这显然是由于一种人为的介入才导致的区别。

进入 19 世纪后，从拉马克到达尔文（Charles Robert Darwin）一直不断探讨的进化论成为一股强大的思潮席卷了整个欧洲。达尔文在《人与动物的感情表达》（*The Expression of Emotions in Man and Animals*）和《人类血统》（*The Descent of Man*）两部著作中都提到，人与动物在情感、精神和道德方面没有本质上的区别。他的进化论不仅强调物种间的连续性，同时也强调非连续性。事实上，这是一个关于物种多样性的理论，达尔文描述的并不是一个由低到高的阶梯状，而更多的是相互交织的生命之树。自然选择的机制不仅制造共性，也制造差异。因此，即使是非常相近的物种，它们之间也可能有很大的

---

① Arthur Schopenhauer：*Preisschrift über die Grundlage der Moral*. In：Roland Borgards，Esther Köhring，Alexander Kling（Hg.）：*Texte zur Tiertheorie*. a.a.O.，S. 78.

区别，就如我们今天所知道的倭黑猩猩和大猩猩，它们尽管有近亲关系，但却各自发展出了极其不同的群体生活方式，不同的肢体以及不同的认知能力。

在进化论以自然科学的姿态否定了人类学差异的同时，19 世纪初期的哲学家们则找到了另外一种方式来解读人类学差异。之前的传统哲学想要寻找的是人与动物之间的本质区别，而现在这一新的浪潮是要从结构上去理解这一差异，并非要从某种特殊的能力如语言、思维、文化或道德出发去将人与动物区别开来，而是着重强调人能够面对与自我的关系（Selbstverhältnis）。德国哲学家黑格尔（Georg Wilhelm Friedrich Hegel）便是这种理论的代表。他在《美学》（*Vorlesungen über die Ästhetik*）中指出，人是动物，但人认识到了这一点并将一切动物性功能提炼为一种具有自我意识的知识。其原因正在于人知道自己是动物，因此不再成为动物（aufhört，Tier zu sein），并将知识作为一种精神（Geist）赋予自己。[①] 也就是说，黑格尔认为，人是有自我意识的生物，这种意识并非指人类意识到自己与动物之间有本质差别，而是指人类能意识到自己是什么，正是这一点将人类与其他动物区分开来。黑格尔所提出的这种结构性人类学差异得到了广泛认同，并一直延续到 20 世纪的海德格尔（Martin

---

① Georg Wilhelm Friedrich Hegel：*Vorlesungen über die Ästhetik I* [1817ff.] Hg. von E. Moldenhauer und K. M. Michel. Frankfurt am Main：Suhrkamp 1969. [Werkausgabe Bd. 13] S. 112.

Heidegger)。

不过,在讨论海德格尔之前,19 世纪还有一位哲学家的思考值得一提,那就是尼采(Friedrich Nietzsche)。尼采认为,人与动物一样,是有着自然史的欲望生物(Triebwesen)。但两者之间有一个关键的区别:“与动物不同,人有一系列相互矛盾的欲望和冲动在内心培育:如果能将它们结合起来,他就是地球的主人。”[①]在尼采看来,人能将这些本能欲望加以驯化,最终——这是最重要的一点——在众多的本能中有一种处于主要地位,而其他的本能则位于它之下。但动物的情况则不同,它们在不同的情况下会有不同的本能处于优势地位。一种生物的每一种本能都是对世界的一个阐释视角,并试图通过以其他本能为代价来表达出这一种本能,这就是尼采认为的有机生命和它的“权力意志”(Wille zur Macht)所在。因此,对于尼采来说,人类学差异也并非实质性的、而是结构性的差异。他认同达尔文的观点,并不认为人与动物之间有不可逾越的鸿沟。同时,他也特别指出,人类不应妄自尊大:“我们不再把人看作是源于‘精神’或‘神性’的,而是重新把人放回到动物之中。我们把人视为最强大的动物,因为人是最狡猾的:其精神性就是这种狡猾带来的产物。此外,我们也反对这里可能重新抬头

---

① Friedrich Nietzsche: *Sämtliche Werke. Kritische Studienausgabe*. Hg. von G. Colli und M. Montinari. Berlin: Taschenbuch-Verlag 1980. Band 11. S. 289.

的狂妄自负，就是认为，人似乎已经是动物发展中最重要的隐形目标。”①

海德格尔延续了黑格尔对于人类学差异的思考，他在《存在与时间》(*Sein und Zeit*)中将人的存在看作一种关涉自我的存在方式。海氏在论述过程中，一方面将人的存在方式与其他存在方式区分开来；另一方面，他将自我关涉作为这一存在方式的特点。他认为，动物的生存方式不是存在，它们只是活着的(das Nur-noch-Lebendige)，只是拥有身体的生物(das Nur-noch-Körperliche)。在《形而上学基本概念》(*Grundbegriffe der Metaphysik*)中，海德格尔指出，动物是贫乏于世的(weltarm)，而人类是能构建世界的(weltbildend)。② 关于人类学差异这一观点他一直坚持到晚年。

另一位德国哲学家舍勒(Max Scheler)关注的核心是人的问题，确立人在宇宙中的地位是他哲学的主要目标。舍勒在探讨人的问题时，其中重要的一点也是关于人与动物之间的本质区别。不过他认为，两者的本质区别并不是传统理解上的理智或选择能力，即便是无限的理智和选择能力也无法企及人的本质。在他看来，使人成为

① Friedrich Nietzsche：*Sämtliche Werke. Kritische Studienausgabe in 15 Einzelbänden*. Hg. Von Giorgio Colli un Mazzino Montinari，3. Auflage. München：Walter de Gruyter，1999. Bd. 6，S. 180.

② Martin Heidegger：*Die Grundbegriffe der Metaphysik：Welt — Endlichkeit — Einsamkeit*. Frankfurt am Main：Vittorio Klostermann GmbH 1983. S. 261.

人的准则存在于我们所称之为生命的概念之外，是与所有生命相反的准则：

> 我们宁愿用一个更全面的词来形容这个未知数 X，一个也包括理性这一概念的词，但除了这种理念之外也包括了一种观察方式，对元现象或本质形态的观察，另外还包括了一种有待刻画的情感和意志行为的层次，例如善、爱、悔、畏等，这就是：精神(Geist)一词。①

事实上，舍勒扩大了传统上的人类学差异的范畴。他指出，正是因为人具有"精神"，才能将"周围世界"(Umwelt)扩展进"世界"(Welt)的范围，人是向世界开放的(Weltoffen)。而动物只能与"周围世界"发生互动和反应。人可以将抵抗(Wiederstand)对象化(zu Gegenständen)，并将自己的生理和心理状态作为对象来对待，这与人的自我意识息息相关。而动物有意识，但没有自我意识，因此它也不具备对象化的能力。②

意大利当代哲学家阿甘本从"敞开"(das Offene)这一视角出发，对海德格尔的观点进行了探讨，并在政治中

---

① Max Scheler: *Die Stellung des Menschen im Kosmos* (*1928*). In: Manuela Linnemann (Hg.): *Brüder*, *Bestien*, *Automaten*. *Das Tier im abendländischen Denken*. a.a.O., S. 295 – 299. Hier S. 296.

② Ebd. S. 296 – 298.

找到了将人与动物区分开来的原因。他认为,在西方,从一开始就是政治决定了生命的两种形式:政治集体内被塑造的生命和政治集体外的"赤裸生命"①。这种区分并不是自然形成的,而是被不断制造出来的。

当代哲学家中,对人类学差异观点持更为激烈的批判态度的是法国哲学家德里达。他指出,我们将这么多的生物就用一个集体单数名词"动物"来表达,事实上就是构建了一个形而上的整体。德里达主张抹除人类学差异,认为应将人与动物之间的界限打开。人类学差异这一话题在当今的自然科学研究中也并未消失,只不过现在对人与动物的区分更多地与认知和社会性联系起来。例如美国心理学家迈克尔·托马斯洛(Michael Tomasello)就认为,人与动物最重要的区别在于人类的注意力分配和角色扮演能力。② 他的基本思想是,人与动物的决定性区别在于,人与同类有身份认同感,相互沟通,分享他们的注意力,有集体项目,等等。也就是说,人在很大程度上是社会性动物,人类学差异存在于此。

从上述关于人类学差异问题的历史梳理中可以看出,这一话语在人对自我理解的探求中占据着重要地位。古希腊罗马时期到中世纪直至近代和现代对于这一问题

① [意]阿甘本(Giorgio Agamben):《神圣人:至高权力与赤裸生命》,吴冠军译,25页,北京,中央编译出版社,2016。

② 参见 Michael Tomasello: *Eine Naturgeschichte des menschlichen Denkens*. Berlin: Suhrkamp 2014.

的探讨尽管有着各种不同的声音，但人与动物的二元对立这一观点对西方思想影响极为深远。如果说亚里士多德认为，人与动物还只是量上的区别，那么到了笛卡尔则已经发展为质的区别——人与动物的二元对立达到了顶峰。在之后的发展中，人类学差异也不断得到深化，虽然是以不同的面目出现，例如从以理性和语言为划分界限转移到强调人能面对与自我的关系，或者转移到以道德价值来区分，等等。即使现代话语中开始出现不少质疑的声音，但我们仍然不能否认人类学差异在西方文化中有着深厚的根基。而在本书所要分析的三篇19世纪初期的文学文本中所折射出的人类学差异问题也极为突出，这也是动物作为人类的他者的根源所在。

三、他者

“他者”(Das Andere)是相对于“自我”(Das Ich)而形成的概念，指自我以外的一切。这种区分背后隐藏的是西方传统哲学的二元对立思想，其源头可追溯至柏拉图(Platon)的《对话录》(*Dialogues*)，其中谈到同者与他者的关系。柏拉图认为，同者的定位取决于他者的存在，而他者的差异性也展示了同者的存在。此处的同者相当于我们今天所说的“自我”。[①] 不过，真正让“他者”成为“自

① 张剑：《他者》，载《外国文学》，2011(1)，118页。

我”对立面的哲学家应数笛卡尔，他提出的著名命题“我思故我在”将自我与外部世界分离开来，形成了主体与客体的二元对立关系。笛卡尔通过普遍怀疑的方法确立了具有奠基性意义的心灵主体的地位。在他看来，一切对象都通过主体意识得以呈现，“我思”的心灵、意识构建了统一的表象世界。[①] 于是，现代主体性获得了它的基本内涵：“主体性就是意识，这就是说，主体性是人类个体的属性或者行为，人类藉之以觉察到各种显现和现象，物藉之以向我们展现它们自身。”[②]可以说，西方哲学从一开始就是关于主体的哲学，“他者”则成为客体或边缘。尤其随着理性主义的兴起，客体逐渐被认为是需要认识、把握和征服的对象。由此，主体成为先验性的存在，是具有理性的。这种关于主体性的论断深刻而长久地影响了西方哲学思想。

然而，从 19 世纪后期起，西方学界开始对这种主体自主和优先的观点产生了质疑。例如马克思(Karl Marx)从经济学角度进行的阐述，认为经济关系对主体性的形成起着重要作用；心理学家弗洛伊德(Sigmund Freud)则认为，“性”对主体性的形成起着决定性作用。[③] 20 世纪初期现象学创始人胡塞尔(Edmund Gustav Albrecht Husserl)

---

① 李晓梅：《后现代哲学解构主体的他者向度及其理论困境——兼论马克思实践概念对主体性重建的启示》，载《哲学分析》，2018(6)，80 页。

② [美] 劳伦斯·E·卡洪：《现代性的困境——哲学、文化和反文化》，王志宏译，44 页，北京，商务印书馆，2008。

③ 张剑：《他者》，见前注，120 页。

对西方意识哲学中的主客体二分法也提出了批判，认为意识本身就包含了意识的对象。现象学的外部存在“显象”不是意识的结果，而是意识过程的参与者，与主体不可分割，互为依存。①

显然，这时的主体性已经开始遭遇危机。而在后现代哲学理论关于他者的话语中，主体的能动性和自由意志，包括“自我”相对于“他者”的能动性都开始遭到质疑。法国哲学家列维纳斯(Emmanuel Levinas)从伦理学的角度提出了绝对他者的概念。他认为，“他者”具有完全外在于“自我”的陌生性，对于自我和自我的思想具有不可化约性。在列维纳斯看来，自我是第二性的，它只能在与他者的关系中存在。主体是与他者相遇的结果，而不是在相遇之前就已经存在。主体性不是相应于主体的自律，而是产生于对他者的责任，产生于对他者的焦虑和不安。我与他者的关系是不对称的，他者占据至上性的位置。我受制于他者，是他者的人质，我要为自己受到的迫害负责，也要为迫害者负责，伦理学的要求就是创伤的要求。在列维纳斯看来，伦理学主体被建立在无法企及的无限责任之上，成为被撕裂的主体。②

解构主义代表人物德里达则是从对逻各斯中心主义的批判出发，通过对语言和书写的研究，提出了“延异”

---

① 参见张剑：《他者》，见前注，119页。

② 李晓梅：《后现代哲学解构主体的他者向度及其理论困境——兼论马克思实践概念对主体性重建的启示》，见前注，84页。

(Différance)这一概念。在他看来，自我内部与外部的界限是流动性的，外部(他者)不断进入内部并不断产生内部和外部的差异化运动就是延异。而语言的差异系统使得主体作为始源和根基是不可能的，主体本身就是延异的结果。由于延异，主体永远为他者所缠绕，所谓的主体性也随之动摇。[1] 同样，在福柯(Michel Foucault)看来，主体性也会被消解。因为在他看来，某个特定历史时期的话语，即那个时期不断被重复的，与信仰、价值和范畴相关的言语或书写控制并塑造着人。主体只是各种话语权力冲突的结果。

法国后现代主义哲学家德勒兹(Gilles Louis Rene Deleuze)提出了"生成—他者"概念。他认为生命是不断"生成"的纯粹运动，永恒地在多样异质的关系间游荡，以此破除西方传统的主体结构为中心的观念。"生成"强调的是改变本身，一种内在于生命的变化形式。[2]

由此可见，在西方传统哲学中，他者始终处于一种被动的、被置于客体的、需要被把控的地位。而到了后现代哲学中，无论他者的具体指向是什么，他者都一跃成为一种主动的，甚至将主体解构的地位。然而，这种通过唤起他者性的范畴从而将主体危机推向极端的做法，并

① 参见李晓梅：《后现代哲学解构主体的他者向度及其理论困境——兼论马克思实践概念对主体性重建的启示》，见前注，85页。

② Gilles Deleuze/Félix Guattari: *Intensiv-Werden, Tier-Werden, Unwahrnehmbar-Werden (1980)*. In: Roland Borgards, Esther Köhring, Alexander Kling (Hg.): Texte zur Tiertheorie. a.a.O., S. 191 - 215.

非是要消解主体,而是要重构主体与他者之间的关系。换句话说,主体不再是一个确定的处于中心地位的先验性存在,而是始终处于与他者的相互作用和对话之中。这也是本书所提出的动物作为他者这一视角的重要基点所在。

在当今的西方哲学和文化批判中,“他者”成为一个被广泛提及的概念。女性主义用它来批判传统男权主义,认为女人是作为男人的“他者”被建构起来的;后殖民主义用它批判帝国主义,尤其是欧洲中心主义,所谓的东方是作为西方的“他者”被建构起来的;生态批评用它批判人类中心主义,因为它将自然作为人类的“他者”,人类总是试图征服自然。不同的语境中,“他者”的所指不同,而“自我”也有多种具象形式,可以是一个个体、一个群体、一个民族,甚至是整个欧洲(如西方与东方)。事实上,无论是哪一种“他者”,其核心仍然是与“自我”相对的概念。只不过,这种相对性已经逐渐从传统的“主体/客体”的二元对立中脱离出来,“他者”与“自我”更多处于一种互动的关系中。这也是今天的“动物转向”视角赋予作为“他者”的动物的新定位。本书所使用的“他者”概念范畴属于传统哲学意义上的“他者”,是用于定义并构建“自我”的因素。但不同的是,这种“他者”并不一定是比“自我”低级或被妖魔化的。用今天的动物理论视角来看,动物作为“他者”参与了对人的构建,反之亦然。但需要指出的是,虽然以主体/客体二元对立构成的人与动物的关系在今天的探讨中是受到质疑的，然而在19 世纪初期的历史语境中，人的自我理解和认知仍然是建立在划分人与动物的界限之上，并以主体的眼光去看待动物这一客体。而自我的形成依赖于自我与他者的差异，差异的确定和对差异的评判，便是涉及价值范畴的问题。因此，西方哲学史上将动物作为人类的他者的出发点，便是上一节中所探讨的人类学差异问题。动物作为他者，在 19 世纪初期的历史语境中尤为明显。因此，在进入文本分析之前，将对三篇文学作品所处的时代背景进行阐述，以明确这一时期西方动物话语的探讨重点。

四、19 世纪初期的动物语境

要勾勒 19 世纪初期的动物话语，就不得不提到这一时期的人类学话语，因为两者始终处于一种动态的相互作用之中。随着启蒙运动以及理性主义思潮的不断高涨，"人"开始成为世界的中心，人对自我的关注开始增多，现今的很多学者将 18 世纪后期兴起的这一现象称为"人类学转向"[①]，意指"人"及与"人"相关的领域开始成为研究的重点。人类学涵盖的知识领域纷繁复杂，其中一

① Jutta Müller-Tamm：*Kunst als Gipfel der Wissenschaft. Ästhetische wisssenschaftliche Weltaneignung bei Carl Gustav Carus*. Berlin/New York：de Gruyter 1995. S. 57.

个重点便是关于人类的文明发展进程研究。[①] 从野蛮到文明的历程中，人这一物种已经在自我驯化的过程中不可逆转地改变了自己的本性，使其不可能回到野生状态，文明在其颚上已经做出了标记。[②] 而谈到文明驯化，对于这一时期的人来说尤为重要的便是教育问题。19 世纪初期的教育热潮从“修养市民阶层”（Bildungsbürgertum）这一表达中也能窥见一二。而修养、教育的一个重点便是前文所提到的康德所说的“去除兽性”。从这里我们便能看到，人类在其文明进程中对自我的理解和认知同样建立在与他者的区分之上，而此处的他者便是动物。

18 世纪下半叶至 19 世纪初期的人类学还呈现出另一个重要的特点，即将人看作是“完整的人”（der ganze Mensch）来研究。此处的“完整”指的是身体与灵魂的统一。正如德国人类学家普拉特纳（Ernst Platner）在 1772 年出版的《医生与世间智者的人类学》（*Anthropologie für Ärzte und Weltweise*）一书中所大力推崇的那样：“人们终于将身体和灵魂放在一起去考察两者之间的相对性、限制性和关系，而这正是我所称为的人类学。”[③]这种

---

① 参见 Wolfgang Riedel：*Anthropologie und Literatur in der deutschen Spätaufklärung. Skizze einer Forschungslandschaft*. In：*ISAL*，*Sonderheft 6*(1994). S. 93－158. Hier S. 94.

② 参见［英］凯瑟琳·韦尔森：《唯物主义——动物主义——社会主义：马克思和恩格斯的人类学》，载《社会科学辑刊》，2013(6)，10—18 页，此处第 12—13 页。

③ Ernst Platner：*Anthropologie für Ärzte und Weltweise*. Hrsg. von A. Kosenina. Hildesheim/New York 2000（＝ND der Ausgabe Leipzig 1772），S. XVI.

人类学的研究方向试图重新定义身体与灵魂之间的界限,它一方面想要打破传统的二元对立框架,另一方面也反对将人缩减为只是与身体相关的一种物质存在的形态,例如拉美特利提出的“人是机器”的观点。除了重新界定人的内部界限(比如普拉特纳所做的尝试)以外,18世纪的人类学研究兴趣还在于界定人的外部界限,人与动物的界限研究便是其中的重点之一。[①] 事实上,关于身体与灵魂的探讨本身也涉及到人与动物的界限研究。因此,从这一点来看,动物也被作为人的他者来看待。

在 19 世纪初期的西方,除了人类学得到迅猛发展以外,动物学以及与之相关的生物学等都处于蓬勃发展的状态。自 18 世纪下半叶起,一些新兴学科,如社会学、心理学、美学、民族学等不断发展,与此同时,生理学、动物学等学科在经历了 16、17 世纪解剖学、显微镜术的应用后,于 18 世纪取得了显著的进步。始于这一时期的对动物的分类,一方面是地理大发现和殖民主义的附带结果,因为在这一大背景下,很多新物种,其中包括人猿,被引入欧洲,从客观上为新物种的研究创造了条件;另一方面则由于显微术的应用,发现了大量微小生物,例如水螅及很多单细胞生物。大量增加的知识需要新的秩序

① 参见 Maximilian Bergengruen, Roland Borgards, Johannes Friedrich Lehmann: *Einleitung*. In: ders. *Die Grenzen des Menschen. Anthropologie und Ästhetik um 1800*. Würzburg: Königshausen & Neumann 2001. S. 7 - 14. Hier S. 7 - 8.

来掌控，于是西方出现了物种分类，其中最著名的是布封(Georges-Louis Leclerc de Buffon)的描述性物种分类法和林奈的表格式物种分类法。两者的研究对当时人们认识极其丰富的物种有着重要影响。因此毫不奇怪，为什么会在1800年前后出现了生物学这一新兴学科，从而将动物学和植物学两个研究领域结合在了一起。随之而来的是很多与生物学相关的重要概念，如有机体、发展、适应、环境等等。[①] 产生于18世纪、经过拉马克主义后继续发展的进化论思想在这一时期也势头不减，在欧洲范围内影响深远。生物学的发展对这一时期人的自我理解非常重要，以至于德国哲学家卡西尔（Ernst Cassirer）称它接替了18世纪的数学"承担起了对思考人的问题的领导权并且规定了研究的路线"[②]。生物学的发展推动了人们关于人与动物之间界限问题的思考，包括人与动物之间到底是一种什么样的关系。尤其从布封对物种研究的方向能看到生物学对于人探索世界和认识自我的启示，虽然他的研究著作颇丰，但他最重要的研究兴趣在与人类最为接近的哺乳动物身上。并且他对动物的分类，其中一个重要的参考标准是与人类关系的远近。换句话说，他对动物的描述很大程度上以人类为中心出发，通过对

---

① Georg Toepfer：*Historisches Wörterbuch der Biologie. Geschichte und Theorie der biologischen Grundbegriffe*. 3. Bde. Stuttgart：Metzler 2011.

② ［德］卡西尔(Ernst Cassirer)：《人论：人类文化哲学导引》，甘阳译，38页，上海，上海译文出版社，2017。

动物的研究来加强对人的观照和理解。而随着人类生物学知识的不断增长，人类也将对自我的教育和驯化转移到了动物身上。从最初单纯的对异域动物的展示到马戏团中对各种动物的训练，这一进程也与人类的教育理念密不可分。

从以上18至19世纪初期的人类学和动物学的发展来看，这一时期的动物话语充满着矛盾与争论。一方面，以人为中心构建的世界自近代以来不断形成，人类中心主义思想日渐兴盛。为了凸显人类的文明发展进程，动物被当作一种原始的、本能的、需要被摒弃的对立形象展现出来；另一方面，随着医学、生物学等各学科的不断发展，关于人与动物的知识不断增加，对于人与动物之间界限的界定也存在着各种不同的声音，对人与动物之间关系的讨论也呈现多元化趋势。不过，无论从哪一个角度来说，动物都扮演了人类的他者角色，因为在西方哲学史上，要弄清楚“人是什么”，很重要的一个途径便是回答“人不是什么”。正如德国哲学家布鲁门伯格（Hans Blumenberg）所说：“要对人进行定义，需要通过他所缺少的东西，或通过他自己身处其中的有创造力的象征符号。”[①]因此，人在对自我理解的过程中，不断地在找寻一个“他者”，通过这样的参照物来达到对自我的认识和理

---

① Hans Blumenberg：*Anthropologische Annährung an die Aktualität der Rhetorik*. In：ders. *Wirklichkeiten，in denen wir leben*. Stuttgart：Reclam 1981，S. 104.

解。上帝、动物、机器都曾作为他者出现在西方哲学的观察和研究视野。更确切地说，上帝出现在人的想象之中，不过，随着世俗化的进程，上帝已经失去了这一重要意义。而机器最早以中世纪时期的钟表形式出现，到 17 世纪中叶，出现了机械学的概念，此后机械论作为一种认知理论进入人对自然的认识之中。[①] 工业革命之后，机器在生产和生活中大量应用，它也成为人的参照物。换句话说，上帝和机器作为人的他者都有其时效性。唯有动物，在漫长的历史中一直与人类共存，从一开始就是西方哲学中与探讨人的问题紧密结合在一起的关键词，正如霍克海姆和阿多诺所指出的那样："欧洲历史上关于人的理念是在与动物的区分中表达出来的。"[②]动物作为他者伴随着人对自我的认识和理解，在 19 世纪初期这样一个充满张力的时代，显得尤为突出。

此外，这一时期的德语文学作品相较于 17、18 世纪更为丰富和成熟，逐渐从宫廷文学中解放出来，摆脱了对此前一直处于领先地位的法国文学的模仿，开始描写多姿多彩的市民社会。这当然也与德国市民阶层的崛起密切相关。由于在政治和社会领域的改革举步维艰，他们

---

① Horst Bredekamp: *Antikensehensucht und Maschinenglauben. Die Geschichte der Kunstkammer und die Zukunft der Kunstgeschichte*. Berlin: Wagenbach 1993. S. 32.

② Max Horkheimer/Theodor W. Adorno: *Mensch und Tier*. In: Roland Borgards, Esther Köhring, Alexander Kling (Hg.): *Texte zur Tiertheorie*. a.a.O., S. 104.

转而在文化领域发挥作用，使得这一时期的文学、艺术、教育等领域得到了极大发展。市民阶层对阅读和写作能力的重视和培养客观上促进了这一时期文学的极大繁荣，小说成为一种受欢迎的叙事体裁，尤其是长篇小说，它能满足市民阶层自我理解和探索的需求。启蒙晚期教育家韦策尔（Johann Karl Wezel）称它为“真正的市民史诗”①。这一时期，不仅得以流传并产生影响力的文学作品数量极大增加，更为重要的是，文学与各种不同话语体系之间的对话性和互动性也更加凸显，进而成为参与人类文化历史建构的独立力量。

① Johann Karl Wezel：*Vorrede zur “Hermann und Ulrike”*. In：Hartmut Steinecke，Fritz Wahrenburg (Hg.)：*Romantheorie. Texte vom Barock bis zur Gegenwart*. Stuttgart：Reclam 1999. S. 204.

第二章　歌德《中篇》中人类政治秩序下的“赤裸生命”

歌德的《中篇》发表于1828年，不过他早在三十年前就已经开始构思小说的主题了。1797年，歌德在完成了《赫尔曼与窦绿苔》(*Hermann und Dorothea*)之后曾打算写一篇主题为“狩猎”的诗歌，他就此与挚友席勒(Friedrich Schiller)以及洪堡(Alexander von Humboldt)进行过交流，但两人都建议他放弃，于是这个想法便搁置了。1826年的秋天，当歌德在创作《威廉·迈斯特的漫游时代》(*Wilhelm Meisters Wanderjahre*)(以下简称《漫游时代》)时重新发现了他多年前的这一想法，于是写下了这篇《中篇》，不过体裁不再是起初设想的诗歌，而是散文形式。

歌德在与艾克曼的一次对话中也提到，他对这一主题的重新发现和完成感到非常满意：

这个题材三十年前我就打算写，这些年来一直

> 在我脑海中……当时我打算采用六音步诗行形式将它写成叙事诗，并为此构思了一个详细的框架。我现在要再次写这个主题时，没找到原来的框架，只好按照我现在的想法，按已经改变的形式重新构建了一个新的框架。但在这部小说完成之后，原来旧的框架又找到了。我感到非常高兴，幸好我之前没发现它，不然只会让我变得迷茫。①

《中篇》与歌德之前的作品相比，其侧重点不在于内心情感的描写，与作者本人之间的关系也不像《少年维特之烦恼》(*Die Leiden des jungen Werther*)一样明确。他这一时期的作品风格是先构建框架，继而在框架中填充内容，以文字叙述的方式带给读者亲临其境的感受。艾克曼在阅读《中篇》之后感叹说，“这篇小说与《漫游时代》特点完全不一样，写的完全是外在的事物，现实的事物”②。艾克曼还提到，当描写小说中的人物都聚在那只死去的老虎身边时，“那必定是一幅绝好的画面，我想看到这幅画作”③。可见歌德为这篇小说的细致刻画费尽心思，他还用文学体裁“中篇”来命名，也足以看出他对这部迟来作品的重视。但这篇小说却并未如他很多其他的作

① Johann Peter Eckermann: *Gespräche mit Goethe in den letzten Jahren seines Lebens*. a.a.O., S. 209.

② 同上，S. 210.

③ 同上，S. 209.

品一样引起很大关注和反响，甚至有学者认为，阅读《中篇》，与其说是它本身的原因，倒不如说是由于作者的原因。[①] 这部小说在后来的接受史上还遭到一些批判，例如德国诗人贝恩(Gottfried Benn)在1937年出版的小说《沃尔夫的酒庄》(*Weinhaus Wolf*)中对这篇小说进行了嘲讽：“……狮子跑了——一切是那么和谐……如今的老虎要咬人。”[②]另一位德国文化学和文学研究者施拉夫(Hannelore Schlaffer)在其著作《中篇小说诗学》(*Poetik der Novelle*)的章节“反—中篇小说”(Anti-Novelle)里也对歌德的这篇小说进行了批判。她认为，这篇小说里的人物完全没有一点非道德的地方，因此成为作者用于证明他的“断念”(Entsagung)的例子。[③] 当然，也有对这篇文章加以称赞的，例如文学研究者舒尔茨(Gerhard Schulz)就强调了这篇作品的诗意特性。[④] 也有评论认为这篇文章展现了歌德的自然观和主张改良和改革的政治理念。[⑤]

---

① Gerhard Schulz: *Johann Wolfgang Goethe: Novelle*. In: *Interpretationen. Erzählungen und Novellen des 19. Jahrhunderts*. Stuttgart: Reclam 1992. S. 381.

② Zitiert nach Karl Otto Conrady: *Goethe — Leben und Werk*. Düsseldorf und Zürich: Artemis & Winkler 1999. S. 972 - 982. Hier S. 982.

③ 参见 Hannelore Schlaffer: *Poetik der Novelle*. Stuttgart: Metzler 1993. S. 273.

④ 参见 Gerhard Schulz: *Die deutsche Literatur zwischen Französischen Revolution und Restauration. Teil 2: Das Zeitalter der Napoleonischen Kriege und der Restauration 1806 - 1830*. a.a.O., S. 339.

⑤ 参见马嫽：《歌德〈中篇〉评析》，载《德语文学与文学批评　第三卷》，北京，人民文学出版社，2009，135—141页。

从对这篇小说褒贬不一的评价来看，它本身就是一部有着丰富内涵的作品，而动物在情节上的核心作用也显而易见：虽然出现的人物众多，但两只动物却成为连接各个要素的关键。众人对于两只动物的处理方式是全文的核心，正如艾克曼在与歌德的谈话中所说到的那样："我深感幸运，一读就读到了那个至关重要的地方：众人围着那只死去的老虎站在那里，这时管理员跑来报告，狮子找到啦，正在山上的废墟中躺着晒太阳哩。"[①]接下来描述的小男孩对狮子的驯服是整个故事的高潮和落脚点，因此，早期的中文翻译版本也有直接将小说题目译为《驯狮》的。[②]

从这些情节描述中，我们便能窥见人与动物之间的张力关系。尽管歌德在小男孩和狮子的互动这一点上处理得比较诗意化，但其中也暗示了人类驯化猛兽的可能性。因为这一文本所在的历史语境正是人类学和动物学发展的关键时期：人通过对自然界的命名，确立了自己的中心地位，并试图拥有与上帝同等的权力。而不断丰富的动物学知识，使得人类对于动物世界的掌控产生了信心。

---

① Johann Peter Eckermann: *Gespräche mit Goethe in den letzten Jahren seines Lebens*. a.a.O., S. 208.

② 参见《欧美名家短篇小说丛刊，下卷》，上海，中华书局，1917。收录歌德的*Novelle*节选，译者周瘦鹃，译名《驯狮》。此处的"狮"字替代的是"狮"字。

一、动物的“异托邦”

自远古时代起，人类与动物拥有同一个生存空间，同为大自然的一部分。人类以采集食物为生，逐渐也猎杀小型动物，但这时候的人类并不具备优势，与其他动物同为生存竞争。农业革命之后，人类开始有了相对固定的生存空间，新石器革命则史无前例地改变了地球上的生存条件。随着第一批城市的建立，人类的生存空间开始有了划分：农业空间和城市空间。在城市空间里，居民多为手工业者和商人，有军队护卫，由神职人员和侯爵贵族等管理和统治。城市内部存在着阶层关系，与外部的联系通过商品交换和战争得以实现。① 歌德的小说《中篇》中描写的侯爵所管辖的领土上展现的正是这样一种空间体验：

> ……这几天正赶上集市，这集市可以称得上是一次博览会。早在昨日，侯爵就已骑马带着夫人在那堆积如山的货物和熙熙攘攘的人群中穿行了一番，为的是让她看看，正是在这里，在这山区与平原交汇融合的地方，人们心满意足地交换着货物；

---

① 参见 Thomas Macho：Tier. In：Christoph Wulf (Hg.)：*Vom Menschen. Handbuch Historische Anthropologie*. Weinheim und Basel：Beltz Verlag 1997. S. 62－85. Hier S. 69.

> ……穿过集市广场,那儿摆着无数货摊,看上去就像一座小小的城市或者营地。……山民们将自己林子里的木材变化出千百种样子,用铁打出各式各样的工具,平原上的人也用形形色色的货物来交换,其中的一些往往叫人辨不出究竟是由什么制成的而究竟又该用在什么地方。
>
> ……人群中混杂着居住在幽静的岩石和松柏之间的山里人,也有来自丘陵、乡野和牧区的农民,还有小城镇中的手工业者和各种其他职业的人们。[①]

可以说,城市空间是人类为自己创建的一个独立的、只属于人类的空间。那些非人类的动物则被剥离出这一空间,这种剥离并不是对各自生存空间的划分,而是以人类对动物生存空间的不断挤压为特征。在英国文化学研究学者伯格(John Berger)看来,在过去的两百年间,动物已经逐渐消失了。[②] 又或者说,动物几乎没有独立的、不

---

① Johann Wolfgang von Goethe: *Novelle*. In: *Johann Wolfgang Goethe Novellen*. Hg. von Katharina Mommsen. Frankfurt am Main: Insel Verlag, 1979. S. 195 - 233. Hier S. 198, 204, 206. **以下分析部分再次引用《中篇》原文只用括号注明原文页码**。另:原文的中文翻译参考了马嫽翻译的《中篇》译文。参见马嫽:歌德《中篇》,见前注,116—134页。

② John Berger: *Warum sehen wir Tiere an?* In: Roland Borgards, Esther Köhring, Alexander Kling (Hg.): *Texte zur Tiertheorie*. a.a.O., S. 163 - 188. Hier S. 172.

受人类影响的生存空间了。[1] 除了那些被驯化或被养殖的动物以外，这时的大多数动物都生活在远离人类城市空间的丛林之中。正如布封所观察到的那样：“人类已经将危险的动物驱逐到地球偏远的角落，并使有用的动物为人所控制。”[2]换句话说，与人类共处同一生存空间的都是被人类工具化和消费化的动物，它们已经在不同程度上被驯化了，并肩负着不同的功能，例如狩猎家畜、饲养家畜、劳动力家畜、骑乘家畜等。[3] 就如文中开篇所提到的用作坐骑的马和用于狩猎的狗一般。这一时期，马作为出行交通工具是非常普遍的，就像侯爵在临行前建议夫人骑马出去散散心，原文用的是 Spazierritt（骑马散步），而不是今天我们常说的 Spaziergang（步行散步）。这一时期的狗则更多是一种功能性的动物，被用来狩猎或看家。即便如此，这一类动物在城市空间里也很难有一席之地，就如文中的老侯爷所说：“……我从来不爱骑着马去穿过那集市和博览会，那真是寸步难行啊……”（205）。在只为人类设计的城市空间里，动物是被边缘化的一方。

如果说，生存在人类主导的城市空间的动物只是被

---

① Paul Münch：*Tiere und Menschen. Ein Thema der historischen Grundlagenforschung*. In：Paul Münch（Hg.）：*Tiere und Menschen. Geschichte und Aktualität eines prekären Verhältnisses*. Paderborn：Schöningh 1998. S. 9－34. Hier S. 11.

② Buffon：*Histoire naturelle, genérale, et particuliére, avec la description du Cabinet du Roy*, volume 4, Paris：Imprimerie Royale, 1749—1788, S. 169.

③ Thomas Macho：*Tier*. a.a.O., S. 70.

驯化、被利用的话，那么，生活在大自然丛林空间中的动物则要面临人类的入侵和猎杀。侯爵府上例行的狩猎活动便是最好的证明。文章一开始便是对侯爵府内即将启程的狩猎队伍的描写：

> 清晨，当浓重的秋雾还包裹着侯爵府邸一间间宽敞的房间时，人们已多多少少能够透过逐渐稀薄的雾霭看见整个狩猎队伍，有的骑马，有的步行，穿梭忙碌于庭院之内。近处，他们匆匆的活动清晰可辨：有的在加长马镫，有的在收短马镫，有的在传递枪支和弹药，有的在整理褡裢。(197)

在狩猎主管看来，“在这样秋高气爽的日子里，已经被推迟的狩猎活动是无论如何也不可以再耽搁的，侯爵应当以此为自己和那些外来的客人们举行一场难得的欢庆”(198)。从“狩猎主管”这一职位可以看出，狩猎活动是侯爵府上的例行活动之一，而且这对他们来说是一场“欢庆”(198)。这个词指出，这种狩猎活动并非以生存竞争、获得食物为目的，而是一场娱乐活动。其文化意义在于，一方面，它是对过去英勇的狩猎行为的仪式性回忆，之所以是仪式性的，因为这时使用的狩猎工具已经不再是简单的弓箭，而是极具杀伤力的火枪，人类之于动物的优势显而易见；另一方面，它又是一种阶级权力的展现，因为这一时期的狩猎活动已经不再是人人享有的权利了，而是封建统治者的专属特权。在原始社会，人们还没有对丛林自然空间的划分，谁杀死的猎物就归谁所有。公元800年左右，某些森林地区开始设立狩猎禁令，只有贵族有特权在这些区域进行狩猎活动。自16世纪起，对这些区域的划分和管控则进一步加强，这时候只有君主以及君主允许的人可以在这些区域狩猎。到了18、19世纪，随着市民阶层社会地位的上升，封建专制制度下的贵族狩猎特权不断引发争议，但直到1848年这一规定在德国才被废除，而后森林才逐渐私有化和经济化。[①] 小说中，侯爵忙于他的工作而耽误了狩猎活动的安排，但狩猎主管坚持要保留“自己的权利”，并且将狩猎活动称为一种“不能抗拒的诱惑”(198)，一种对大自然和林中野兽的征服欲望显露无遗。打猎的队伍甚至已经“计划好要进入深山之中，给那里和平的居民们一个意想不到的袭击，吓唬吓唬他们”(198)。原文所用的词 Kriegszug(出征，战斗)也表明了城市空间与丛林空间的对立性。城市空间里没有动物的安身之地，而在丛林空间中，对猛兽的制服和猎杀则象征着人至高无上的权力并起着保障人的中心地位的作用。这种对自然的征服与把控的信心也与科技的发展息息相关。在文中有两处体现：一是望远镜的

---

① Roland Borgards: *Literarische Jagdgesellschaften um 1800* (*Tieck*, *Matthisson*, *Arnim*, *Kleist*). In: Günter Oesterle, Thorsten Valk (Hrsg.): *Riskante Geselligkeit. Spielarten des Sozialen um 1800*. Würzburg: Königshausen & Neumann 2015. S. 181 - 196. Hier S. 183 - 184.

使用,二是火药制造技术的提升。

在侯爵府得到广泛使用的望远镜,人们可以通过它观看祖辈曾经居住过的古堡废墟:

> ……光与影赋予了这座古建筑最清晰的轮廓,它在夕阳下显得如此宏伟壮丽。今早,在望远镜镜头的推进下,那些傲然挺立在古堡围墙之中的参天大树在秋色的渲染下也显得如此悦目。(199)

除了侯爵夫人的随从赫诺里奥(Honorio)"习惯于随身携带这件极其有用的器械"(210)外,侯爵夫人在目送前去打猎的侯爵一行人时同样使用了望远镜:

> 美丽的少妇把镜身稍微向下调了调,对准一片荒芜的砂石地,那是打猎队伍进山的必经之路;她对准镜头耐心地等待着,果然不出所料,借助这一仪器的清晰度和放大能力,她那双闪闪发亮的眼睛清楚地认出了打那里经过的侯爵以及马厩总管;……(199-200)

望远镜对于人的视觉能力的提升,让人不自觉地强化了自身的主体意识,使得目之所及都成为观察对象,并使之客体化。望远镜带给人一种与观察物的距离感,小说中所提到古堡和大自然被看作一幅画,也说明了人与自然不是融为一体的,而是相互孤立的。[①] 由于视觉在人类发展历史中逐渐成为主导感官,望远镜的使用在无形中增强了人对于自然把控的信心。文中的老侯爷为侯爵夫人带来的古堡图纸也说明了视觉对于感知的重要性:"我们来看这幅描绘古堡的结构图,借助这些图可以从各个方位直观地看到,这座巨大的古堡在过去的岁月里是怎样经受住了风霜雨雪的侵蚀的……"(200)。需要指出的是,文中对于古堡的详细描述一方面是为之后的情节发展作铺垫——狮子逃到了这里,并最终在这里被驯服;另一方面也暗示了大自然力量与人类文明的相互交织与对照,因为在这里,"没人知道,哪里是自然形成的,哪里开始又是人工修建的","在这里看到的是那早已销声匿迹的人类古文明的力量与大自然永恒的生命力之间的殊死较量"(201)。

文中对科技发展的第二个描述是火药制造技术的进一步提升,例如老侯爷在描述对旧古堡废墟的清理时说,他们"设法打通了围墙,炸开了拱顶,从侧面开辟出一条舒适而又隐蔽的小路"(201 - 202)。火药制造技术的发展对狩猎工具的提升又至关重要。文中的狩猎队伍为出征准备的不是弓箭,而是枪支和弹药。在侯爵夫人遭遇猛虎时,侍卫制服它用的不再是宝剑,而是手枪。在捕获

① Erwin Wäsche: *Honorio und der Löwe. Studie über Goethes Novelle.* a.a.O., S. 33 - 35.

那头逃离的狮子时，古堡的侍卫们准备的同样是现代武器——双筒步枪。德里达认为，在过去的两个世纪里，人类几乎达到了对动物的空前征服。而这种征服的历史被他称为“暴力史”。① 然而对于这种强加于动物身上的暴力，在很长一段时间里，人类并不认为这是违反伦理的，反而为此找到了冠冕堂皇的理由。比如所谓的“效益主义”理论。这一理论创始之初的本意是从利益最大化角度来对事物作出判断，让参与其中的每一个个体都得到平等的效益和幸福。但后来却被一些人用来解释人类与动物之间的关系，他们认为人类的生存利益大于动物的生存利益，②因此，人类可以出于自身的需求来处置动物的生命。文中的侯爵夫人纵然心有“悲悯之情”，却仍然对骑士说道：“给它最后一刀吧，我担心它会用爪子伤到你。”(216)而骑士则想的是要用虎皮为侯爵夫人的雪橇“增点色彩”(216)。骑士的意图一方面使得动物在死后完成了其功能性的角色，另一方面又彰显了人类对于动物的主导权力。因为在这个年轻人看来，“比起那些抬到胜利者面前的敌人的武器，这是绝对问心无愧的战利品”(216)。侯爵对于他的这一行为也同样作出了肯定与赞

---

① [法] 德里达：《我所是的动物》，见前注，第139页。

② Ulrich Melle: *Tiere in der Ethik. Die Frage nach der Grenze der moralischen Gemeinschaft*. In: *Zeitschrift für philosophische Forschung*. Band 42. Heft 2. Meisenheim/Glan: Verlag Anton Hain 1988. S. 247-273. Hier S. 252-253. Ullrich Melle 在此文中详细介绍了澳大利亚哲学家 P. Singer 的“效益主义”理论。

赏，认为他“做得不错”（222）。同样地，古堡侍卫发现了跑到古堡中的狮子时，他非常懊恼他前一天把枪拿去城里作保养了：“要是枪还在我手里，我一定让狮子再也站不起来，那它的皮也归我所有了。我一辈子都能以此为荣了。”（221－222）作为战利品的动物成为人类荣誉的象征。

上文描述的人与动物的对立关系，在驯养人一家那里似乎得到了和解，因为在他们眼中，人与动物是相互依存的关系。这一家子外地人带着装在笼子里的野兽来到侯爵所管辖的地区作展出，在满足当地人好奇心的同时，获得自身的食宿保障。侯爵夫人显然对此就颇有兴趣：

> 慢慢地，他们来到了通往郊区的一块空地上，在众多小摊和店铺的尽头，出现在眼前的是一个用木板搭成的大棚子，还没等到他们定睛观察这座建筑，就听见从前方传出一声震耳欲聋的吼叫声。看来是关在那里面供参观的野兽们的喂食时间到了；狮子用它来自丛林和沙漠的巨大吼声把马儿吓得不敢动弹，使人不禁要问，在这文明社会的和平生活和劳作中，这万兽之王为何还要发出如此可怕的吼叫？（207）

用于展出的地方位于通往郊区的一块空地上，这也暗示了处于这一境况中的野兽的边界性——既不属于丛林空间，也不属于城市空间，而是属于人为制造的一个生存空间：流动的动物展览园（Wandermenagerie）。用于展出的野兽一方面在一定程度上是被驯化的，但另一方面也保留了其部分原始天性，正如文中所描写的狮子吼叫声。关于这一点，歌德在与艾克曼的谈话中这样说道："……但有一点还必须在引入部分呈现。就是在侯爵夫人路过木棚子时，那头狮子应该发出吼叫；这样才能让人对这种暴力动物的可怕性有所反思。"[①]对此，艾克曼也表示赞同。他认为，在这一部分的描述之前，狮子都显得太温顺，没有展现出它的野性。[②]

历史上，这种流动的动物展览园兴起于18世纪末期，在欧洲和美国逐渐发展成为一种日常消遣文化。这种形式的展示与马戏团不一样，它吸引眼球的地方并不在于展示被驯化的动物表演，而纯粹是为了展示其陌生性和独特性，也就是说，动物在此是作为一种具有异域风情的"物品"而被消费着。实际上，这种展示动物的传统自古罗马时代就已存在，到中世纪时常常展示猴子以及会跳舞的熊（Tanzbär），而到18世纪下半叶则已经扩展到展示"林中之王"——大象和狮子。[③] 驯养人带着这些动物来到各地进行展览。动物似乎理所应当地成为了人

① Johann Peter Eckermann: *Gespräche mit Goethe in den letzten Jahren seines Lebens*. a.a.O., S. 240.

② 同上，S. 241.

③ Annelore Rieke-Müller, Lothar Dietrich: *Unterwegs mit wilden Tieren. Wandermenagerie zwischen Belehrung und Kommerz 1750 – 1850*. Basilisken Presse 1999. S. 13f.

类观看的对象，人类成为主宰的主体，而动物则是承受的客体。到19世纪，这种流动的动物展览园逐渐发展成了公共的动物园，例如伦敦动物园建于1828年，柏林动物园建于1844年。作为现代动物园前身的流动动物展览园事实上就是人类为动物构建的一种另类空间，一种被福柯称为“异托邦”的空间：

> 在我们的文明中，或许在每种文化和文明中，也有现实的、属于社会的机构领域的真实场所，这些场所同时表现为反场所，一种真正得以实现的乌托邦。在这些乌托邦中，现实的场所在文化中都同时被再现、质疑并转换为其反面。同时，这种场所又处于所有场所之外，尽管这种场所完全可以确定下来。由于这些场所与它们所反映的、所谈论的所有场所完全不同，与乌托邦相对，所以我称它们为异托邦。[①]

福柯所指称的异托邦具有多种特质：比如它偏离了现行的行为规范要求或者是与大众生活相异的地方，像是疗养院或者监狱等；又或是能将不同的空间并行放置在一起的场所，例如剧院和影院；某种意义上来说，它还能将断裂的时间汇聚在一起，比如博物馆里陈列着不同时

---

① Michel Foucault：*Andere Räume*. In：*Karlheinz Barck u.a.*（*Hg.*）：*Aisthesis. Wahrnehmung heute oder Perspektiven einer anderen Ästhetik*. Leipzig：Reclam 1992. S. 34－46. Hier S. 39.

期的样本,而图书馆也提供各个历史时期的资料与作品;同时,它还是一个既开放又封闭的系统,它不像一般的公共空间可以任人随意出入,但在一定条件下可以开放,例如被迫进入监狱,或通过一定的仪式获得进入的许可;最后,它对其余的空间发挥着作用,这种作用在两个极点之间展开。也就是说,它们要么创造出一个幻觉空间,在这个幻觉空间的作用下,所有实际存在的空间,那些分割人的生活的所有设置,所含的幻觉意味更大,例如妓院。要么它们创造出一个别样的空间,是具有另一种秩序的空间,福柯认为殖民地就是最好的例子。[①] 参照福柯的理论,小说《中篇》中所呈现的流动的动物展览园就是这样一种异托邦式的存在,它兼具了众多特质:它与大众的平常生活相去甚远,其中的各种动物(如文中的老虎与狮子)本身有着各自不同的生活空间和生活习性,如今却被强行放置在一起,形成了一种不同空间物种的并置。作为供人参观的展览园,它是一个自成体系的空间,人们付费之后可以进入其中参观。而最后一个特点,也是最重要的一个特点便是,它创造了一个幻觉空间,动物被人类从丛林空间中分割出来并展示,人们对于大自然中动物的想象促使他们想要进入展览园中观看。同时,这种流动的展览园也创造了另一种秩序空间。在这里,老虎和狮子被关在同一个笼子中,被驯化为同一秩序中的动物。

---

① 同69页注①,S. 40ff.

这种秩序改变了它们在大自然中原本的生活秩序，是一种人为操纵的被均质化的秩序。它们不再需要自己去捕食，不再需要时刻防备外来的危险，只需要静静地待着。而这也恰恰成为文中具有讽刺意味的地方：因为正是木棚上那些巨幅的广告招贴画中“一只只来自异域国度的野兽被绚丽的色彩和图画衬托得格外凶猛，这勾起了和平地区居民们的好奇心，说什么也得进去瞧上一眼”(207)，但人们真正看到的却只是被驯化过的待在自己笼子里的动物。就像文中的老侯爷所说：“很奇怪，人总是喜欢用可怕的事物来刺激自己。其实里面的老虎明明安安静静地待在自己的笼子里，在外面却被画成正在凶恶地扑向一个摩尔人的样子，好叫人相信，在里面也能看见同样的情况；……”(207)对于关野兽的笼子，德语原文用的是 Kerker 一词，意为监狱、囚笼，这揭示了驯养人一家与动物表面看起来和谐关系的实质，正如伯格所指出的：所有带有强迫性质的处所——犹太隔离区、贫民窟、监狱、精神病院、集中营——都与动物园有着某些共同点。[1] 这种强迫性质的空间的出现，是与政治秩序的构建密不可分的。动物，作为人类的他者，在人类社会的政治秩序中没有地位和权利。尤其是文中所描写的野兽，本属于大自然的丛林空间，被人类捕捉带入城市空间后，不得不处于一种矛盾之中：一方面需要展现它的自然天性，另一方面

---

① John Berger: *Warum sehen wir Tiere an?* a.a.O., S. 187.

这一自然天性又被压抑，于是只能存在于人类为它设计的牢笼之中，看似生存着，却又不是真正的生存。因此，它与人类社会中的他者——如精神病人、犯人——有相同之处，即生存在“另类空间”中。同时，动物与这些人类他者又有不同之处，因为对它们在人类社会政治秩序中的位置安排无需太多理由，只要一点就足够：它是动物，是非人类。这就回到了西方思想史上关于人与动物最重要的问题：人类学差异。此处的重点不在于人类学差异是什么，而是承认人类学差异的存在，动物就不属于需要在人类社会的政治秩序中考虑的范畴。

二、政治秩序中的动物他者

在西方文化中，将动物与政治联系在一起，有着悠久历史传统。甚至可以说，动物与动物性，因其与秩序之间的密切联系，从一开始就具备政治性，而这种政治性的基础又根植于自然：自然既构成了政治的起源，也可因为其内在的无序与暴力成为政治的极端形式。[①] 虽然亚里士多德被认为是西方政治理论学和动物学的创建者，但柏拉图早已开始了将动物运用到对政治秩序的建构当中。柏拉图曾将狗比作国家守卫者的榜样，因为它拥有一个

① 孙纯：《论敞开：里尔克、海德格尔和阿甘本的动物想象》，载《德语人文研究》，2017(1)，51—55 页，此处第 52 页。

决定性的政治能力：区分敌我。接着，他用牧羊人、羊群、狗、狼等动物形象构建了一个政治秩序，并描述这一政治秩序内部各成员的地位及任务。[①] 这种将动物作为一种秩序物（Ordnungswesen）的做法源于人与动物的共同生命基础，正如本雅明（Walter Benjamin）所言：动物“尽管不是目的，但没有动物却不行”[②]。除此以外，柏拉图的另外一个关于“牧羊人和羊群”的寓言故事——寓意精英阶层统治普通民众，也成为各国政治家广泛引用的例子。亚里士多德则是将人定义为“政治动物”，不过，他不仅仅用动物群体来比喻人类社会——例如用昆虫的社会性来比喻人类社会的秩序，还将动物真实地纳入人类社会的政治秩序。通过用“语言”对人与动物进行区分，他认为人的生命不仅限于生存，还涉及伦理、法律和公正。但动物并不具备这些因素，因此动物是处于最底层的。有意思的是，他将当时的奴隶和女性也归于这一类，由此为人类社会的等级制度作出阐释和辩解：

……在所有生物中，只有人掌握了语言［……］

① Platon: *Politeia*. Griechisch und Deutsch. Sämtliche Werke. V. Frankfurt am Main. 1991. S. 157.

② Walter Benjamin: *Franz Kafka. Zur zehnten Wiederkehr seines Todestages*. In: Ders.: *Gesammelte Schriften II.*, *2. Literarische und ästhetische Essays*. Fortsetzung. Hg. von Rolf Tiedemann und Hermann Schweppenhäuser. Frankfurt am Main: Suhrkamp Verlag 1977. S. 409－438. Hier S. 430.

语言的存在就是为了区分利与弊、正义与非正义。人区别于动物的特性就在于只有他拥有感知善与恶、正义与非正义的能力。

……男人和女人的关系天生就存在着高低之分,前者是统治者,后者是被统治者。

……奴隶天生就是奴隶,是可以属于某人的财产——也确实是属于某人的财产。他只有部分的理性,因为他能感知理性,却不能拥有它。①

《中篇》中所展现的也正是这样一种等级化的社会政治秩序。侯爵和侯爵夫人一行代表的是上层贵族阶级,而在集市上进行货物交换的民众则是下层人民,是属于侯爵管辖范围内的人。不过,还有比他们更加没有权利和地位的一群人——驯养人一家,因为他们是外来者,是没有固定居所的人。小说一开始的描述就体现了这一点:"侯爵的父亲生前还见证了他所管辖范围内的经济繁荣,所有的臣民都同样努力和勤奋,以各自的方式获得并享受自己创造的劳动成果。"(197)德语原文中臣民一词用的是 Staatsglieder,这一表达显然与将国家想象为一种具有头和四肢的生物有关,而这种理念同样

① Aristoteles: *Politik*. a.a.O., S. 25–35. Hier S. 27–28, 30, 31.

包含了等级意味，因为“首”比“肢”更重要。这种将身体作为政治共同体的隐喻在西方文明中起着重要作用，这一美学建构不仅使得权力具象化，而且可以通过它的建制力量（institutionsbildende Kraft）参与到现实的政治实践中去。① 有学者认为“以各自的方式”（jeder nach seiner Art）这种表达来自于《圣经》：“上帝创造了庞大的鲸鱼和其他所有生活在那里的小动物，它们簇拥在水中，以各自的方式，以及所有的长着羽毛的鸟儿，以各自的方式。”②

如果说，在今天看来，这种上帝创造世界的方式已经不能让人信服的话，那么近代英国政治哲学家霍布斯则提出了以人为出发点的国家产生的必要性，并且在国家里，民众必须服从国家这一主权机构。霍布斯质疑了亚里士多德用动物对人类社会的比喻，他的核心论据是，自然中的这种组织形式是天生的、自然的，而人类社会秩序则是通过契约形式实现的。德国文化学研究者科林（Alexander Kling）在两者的分歧之中看到了近代以来政治哲学的深刻变革：在此之前的政治理论都假设，人在其自然属性中就具有政治性，因此亚里士多德将人定义为

---

① Albrecht Koschork, Susanna Lüdermann, Thomas Frank und Ethel Matala de Mazza: *Der fiktive Staat. Konstitutionen des politischen Körpers in der Geschichte Europas*. Frankfurt am Main: Fischer-Taschenbuch-Verlag 2007. S. 11.

② Christian Wagenknecht (Hg.): *Johann Wolfgang Goethe: Novelle. Erläuterungen und Dokumente*. Stuttgart: Reclam 1982. S. 6.

“政治动物”，他认为这是天生的、自然的。于是，政治秩序中的自然性便被加以强调，这一点在中世纪的基督教文化下得到确证和强化，正如前文中提到《圣经》里的上帝创世说一般。因此，这种政治秩序通过人的政治属性所具有的自然维度和人的自然属性中的政治维度获得合理性和合法性。然而，随着16、17世纪的危机和战争以及西方世俗化的进程，古典时期和中世纪时期用自然和上帝来解释政治秩序的政治理论便遭遇了冲击，这种稳定的、自然的治理模式也面临极大的危机和断裂。霍布斯从中总结了他的政治理论，在这里，自然和上帝都失去了保障功能，唯一能创建政治秩序的是人。[①]

霍布斯的著名论断“人对人来说是狼”(Homo homini lupus/Der Mensch ist ein Wolf für den Menschen.)指的是人的“自然状态”，在这种自然状态中的人的存在，为了维护自身的生命和利益，将面临无尽的孤独、战争、暴力、恐惧，这种存在也是一种动物性的存在。在没有一个共同权力使大家慑服的时候，人们便处在所谓的战争状态之下。这种战争是每一个人对每一个人的战争。[②] 因此，为了保障自己及大家的安全，每个人通过“契约”的方式让渡自己的暴力自由权，从而组成一个新的权力机构——利

① Alexander Kling: *Die Tiere der Politischen Theorie*. In: Roland Borgards (Hg.): Tiere. Kulturwissenschaftliches Handbuch. a.a.O., S. 97-110. Hier S. 101.

② [英]霍布斯(Thomas Hobbes):《利维坦》，黎思复，黎廷弼译，94页，北京，商务印书馆，1986。

维坦(Leviathan)。这是一种结合了人性、动物性、神性以及技术性元素的复合体，它代表了国家和国家之间的绝对权威。通过对自然状态/动物状态的排除，契约性的政治共同体得以形成。而关键在于，这种契约性是以语言或文字为基础的，这就将动物排除在外。由于动物没有或不能达成契约，因此它也就没有任何权利。人类对于动物所做的任何事情都不涉及伦理问题，这便是人类学差异的政治化。

因此，我们看到，在小说中出现的两只动物——老虎和狮子，不仅在生存空间上被压制和异化，同时也作为政治秩序中的他者被排除在外。国家政治秩序对生命的区分，使得动物处于一种自然状态下的裸露生命之中，不受任何保护。它们要么被关在笼子里，要么，一旦逃脱出来，在可能危及人的生命时，便被立即杀死，就像那只老虎一样。而那头逃脱的狮子被发现踪迹后，也同样面临生命危险：侯爵吩咐狩猎队伍把枪填好弹药，悄悄到山上去，“要是能把它逼进深山密林中就算是大幸了。但说到底，这位朋友，我们没法保护你的动物；你们怎么这么不小心，让它们给跑出来了呢?”(220)显然，动物在这一政治秩序中是没有生命权利的。正如阿甘本的生命政治理论所阐述的那样：政治的特点就在于区分了自我和他者。这首先是一种对内、外的区分。因此，可以看到，驯养人一家以及他们带来的老虎和狮子对于侯爵所管辖的地方来说都是外来者，本身就是这种政治秩序中的他者。因此，当驯养人请求放过他的狮子时，侯爵关心的问题是："要是我们不伤害你的狮子，你能给我什么保证，它不会在我的领土上伤害我的臣民呢？"(222)这种对内、外的区分也正是建立国家政治秩序的基础。并且最初统治者的权力构建也基于他们的作战能力，这一方面展示他们强于民众的优势，另一方面又为民众提供保护的保障。其次，这是一种对政治生命和自然生命(即赤裸生命)的区分。自然生命通过一些例外状态被排除在政治秩序之外。阿甘本在这一点上主要指的是被剥夺了政治权利的人的生命。但这一点对于动物来说同样适用。因为在19世纪初期的背景下，动物显然还未成为一种政治化的生命形式。尤其因为它们缺乏理性和语言能力，动物自然成为政治秩序范畴中的他者，也就没有政治权利一说。最后，根据阿甘本的观点，政治从一开始就是一种生命政治。他指出，自17世纪起，生命权力就代替了之前的君主权力。政治的特点在于不断地制造例外状态，从而将自然生命排除在外。① 因此，在动物还处于完全的自然生命状态下时，它成为构建政治秩序的有力因素。

最能说明这一点的便是狩猎这一行为。在人类社会秩序建立之初，政治统治者的作战能力针对的是动

---

① 参见 Thomas Khurana：*Leben und sterben lassen. Giorgio Agambens Buch Homo Sacer und seine Rezeption*. In：*Texte zur Kunst*. 12(2002)，Berlin. S. 122－127. Hier S. 123－124.

物，尤其是野兽。自然界中的打猎场景成为“动物想象”中的基本图像，并影响着人对自身的理解和定位，进而从中发展出一种重要的政治理论范式。① 狩猎行为一方面被看作是一种自然现象，另一方面又被认为是人类的文化技术现象。这种矛盾性和对向性使得它成为西方政治权力为自己正名的一个建构性因素。② 席勒在 1790 年发表的一篇名为《根据摩西契约的第一个人类社会》(*Über die erste Menschengesellschaft nach dem Leitfaden der mosaischen Urkunde*)的文章中就提到，统治权最初出现在人与动物的暴力关系中：要开化一个地区，首先就得将那里的野生动物除掉，而那些参与了狩猎的猎人们逐渐进入了统治阶层。一个优秀的猎人因为他的英勇和理性而成为领袖，同他一起狩猎的人则成为他的护卫。在对猎物的追逐中产生了政治权力。③ 狩猎活动不仅与政治权力的产生有着紧密联系，同时也对政治权力的稳固和保障发挥着重要作用。因此，无需奇怪，为什么《中篇》中的侯爵既是自己辖区的统治者，又是狩猎队伍的领导者。小说开篇在描述狩猎队伍的准备活动时就提到，所有人

---

① 孙纯：《论敞开》，见前注，52 页。

② Roland Borgards：*Tiere jagen*. In：*TIERethik. Zeitschrif zur Mensch-Tier-Beziehung*. Münster：MV-Verlag. 5. Jahrgang 2013/2，Heft 7，S. 7－11. Hier S. 7－8.

③ Friedrich Schiller：*Werke und Briefe*，*Band 6：Historische Schriften und Erzählungen I*. Hg. von Otto Dann. Frankfurt am Main：Deutscher Klassiker Verlag 2000，S. 447－450.

都在等待与妻子告别的侯爵，这也体现出侯爵在狩猎队伍中的领导地位。而在狩猎队伍行进的过程中，他也是冲在最前面的那一位："女人还在没完没了地哭诉着，这时从古堡半山腰上冲下来一队人马，很快，人们认出来这是侯爵带领上山打猎的队伍，他本人一马当先。"（219）在了解了事情的缘由后，他"在一群骑手和随后徒步赶上来的家丁的簇拥下"（220）以统治者的身份来处理这一事件。叙述者强调"因为多次经历过这种危险来自四面八方的情况，因此有着丰富的军事经验"（222）。这种政治权力不仅适用于他的臣民，也适用于外来者。驯养人在请求侯爵不要伤害狮子时，也称他为"我的主人和能干的猎手"（Mein Herr und mächtiger Jäger）（220）。"主人"与"猎手"的并行也暗示了政治权力与狩猎活动之间的交互关系。统治者的这种双重身份恰恰反映了人类政治秩序最初建立的来源与意义。而统治者对民众生命和生活的保障，也进一步促进了民众对他政治权力的承认和支持。侯爵夫人在集市上出现时的情景足以印证这种关系：

> 人群果真朝着骑在马上的这两位涌过来，他们便只能缓慢前行。民众们都开心地望向这位少妇，无数张笑脸上无法抑制的喜悦清楚地表明了他们的看法：侯国的这位第一夫人同时也是举国上下最美丽、最优雅的女性。（206－207）

民众对统治阶层的拥护是这一政治秩序的基础。在这样的政治秩序中，作为他者的野兽既是构建它的因素，同时也是保障它的因素，即使野兽自身是被排除在外的。这也是阿甘本意义上的“排除性的包含”（ausschließende Einschließung）。[①] 当“山下的一个农民被它（狮子）吓得爬到了树上”（220）时，他期待的也正是统治阶层的保护和作为统治者的侯爵对政治秩序中的他者——狮子——的判决。

三、动物作为他者之隐喻

两只猛兽作为政治秩序中的他者，如何处置它们是侯爵面对的关键问题。尤其它们并不是孤立的，而是与驯养人一家共同构成了他者。相对于侯爵所管辖的领地内的政治秩序来说，驯养人一家是外来的他者。他们与猛兽一样，是政治秩序中的最底层，也是不稳定因素。小说中对所有的情节的描述几乎都有铺垫，例如在侯爵夫人一行去集市广场前已经有对集市的描述，而旧古堡废墟则提前出现在测绘师的图纸上，后来发生的大火也曾出现在老侯爷的口述记忆中，两只猛兽是以广告画的方式先出现，等等。但只有对驯养人一家的描述是没有铺垫的，他们在最关键的时刻——老虎被打死、狮子被发现

① ［意］阿甘本：《神圣人：至高权力与赤裸生命》，见前注。

时——出现，他们的出现是令人感到惊奇的，而且无论从衣着、举止还是语言方面，他们都与侯国的居民格格不入，甚至形成对照：

> ……还没等赫诺里奥回过神来起身时，那女人已哭喊着朝尸体扑了过去，她的这一举动以及她那身还算整洁但色彩鲜艳、样式奇异的衣着让人立即猜到，她就是这头已经被杀死的老虎的主人。
>
> ……不幸的女人在放声大哭之后开始诉说起来，虽然断断续续地，却犹如山岩上的泉水一般，一股脑泻下来。她操着一口简短急促的土著方言，听起来恳切又感人；可要将它翻译成我们的语言却是白费力气，不过大意还是能听明白……
>
> ……一个男人从人群中挤了进来，他身材高大，与那女人和孩子一样穿得花花绿绿，稀奇古怪。(218—220)

因此，从这一意义上来说，两只猛兽不仅本身是政治秩序中的他者，也同时构成了他者的象征，那便是政治秩序中的暴力因素和危险力量。正如歌德自己所说："这篇小说的主旨，就在于揭示用爱和虔诚，常常更容易制服狂野的、桀骜不驯的东西，而不是用暴力。小男孩与狮子之间的关系所展现的这一美好追求激励我写完了小说。这就是理想，这就是那朵花。而绝对现实的情节的展开就好似一簇簇绿叶，它们只为花而存在，只因为花而有意义。”[①]选择老虎和狮子作为暴力和危险的象征，显然是与当时的动物学知识或者说对动物的认知是有紧密联系的。这些动物学知识被大量应用到实践中，例如文中描述狩猎队伍带着马和狗一同去捕杀猎物，19 世纪初期，贝希施泰因(Johann Matthäus Bechstein)的《狩猎知识读本》(*Handbuch der Jagdwissenschaft*)便记录了在狩猎活动中对马和狗的使用问题[②]；再者，文中提到为了预防狮子的袭击，“猎人们正忙着搭干柴堆，以便随时能在那儿生起一大堆火来”(227)，这是一种非洲人用于防止狮子进攻的方法，它出现在布封的记载中。[③] 相比实践应用来说，更为重要的是，人类从这些动物学知识中产生了对动物的想象，并成为人类将其用作修辞和比喻的源泉。从这个意义上来说，动物以文字和图像的方式参与了对人类政治秩序的构建。

随着 18 世纪下半叶各自然学科的建立，动物学也得到进一步发展。这一时期，产生了大量的动物学知识，并开

---

① Johann Peter Eckermann：*Gespräche mit Goethe in den letzten Jahren seines Lebens*. a.a.O.，S. 222 - 223.

② Johann Matthäus Bechstein：*Handbuch der Jagdwissenschaft*. Nürnberg：Monath und Kussler 1809.

③ Christian Wagenknecht（Hg.）：*Johann Wolfgang Goethe: Novelle. Erläuterungen und Dokumente*. a.a.O.，S. 16.

始出现对动物的系统分类和命名。如前文中所提到的最著名的两位博物学家——瑞典的林奈和法国的布封——就对各种动物进行了分类和命名。但两者的操作方式截然不同,并且他们的关注点也不同。林奈将自然系统区分了六个大类:四脚类、鸟类、两栖类、鱼类、昆虫类和蠕虫类。这种分类从第一版保持到第十版,变化的只是动物种类数量的大大增加,从约 550 种到约 5 900 种。而布封在有生之年只对哺乳动物和鸟类进行了详细研究,并出版了各 12 卷和 9 卷的内容。在他去世之后,直到 1804 年,逐步又出版了有关鱼、两栖动物和爬行动物等的 8 卷本。但总的来说,布封的动物自然史只关注了脊椎动物,而其中的重点又是与人类最接近的哺乳动物。林奈用表格的方式来描述物种的特征,布封则采用排列的方式和描述性报道的方式来展现各种不同动物的生活。可以说,两者都对后世的动物学乃至自然秩序的建构产生了深远的影响,林奈所推广的二名法至今仍在沿用。不过,相比之下,布封的《自然史》更像是一部文学作品,文笔细腻且富有感情。其中对于各种动物的介绍常常伴有拟人化的描写,生动有趣。同时,布封在对动物的描述之外还常常加入人类的身影,形象地展示出人类与动物的关系。在他的著作中,人与动物始终是相互伴随的。因此,他关于动物学知识的文章具有较强的文学色彩,动物的形象在人们对动物的阅读和想象中生成,并反过来作用于人类社会。《中篇》中很多地方对两只动物的描述都与布封的动物知识传播有着紧密的联系。

小说中的两只动物第一次出现是在驯养人为吸引观众所贴的广告宣传画上：一只大老虎正凶猛地扑向一个摩尔人，眼看就要将他撕碎；一头狮子威风凛凛地站立在旁，仿佛眼前没有他屑于去捕食的猎物；在这两只猛兽旁边，其他那些色彩各异的小动物就显得不那么引人注目了。(207)画面上老虎与狮子的形象正是布封对这两种动物的描述中所传达的信息。布封曾在《自然史》中这样描述它们：

> 在食肉动物中，狮子是第一位的，而老虎是第二位的。不过，正如在恶的种族中一样，处于第一位的总是比其他的要善良和伟大，而一般来说，处于第二位的在所有动物当中则是最坏的。自豪、勇敢和力量，在狮子这里是与高贵、慈爱和大度联系在一起的。相反，老虎则是卑劣的、凶猛并极度残忍的。因此，在任何情况下，都由力量决定等级次序。最高贵的、拥有至高无上权力的狮子不像处于第二位的老虎一样是可怕的暴君，后者试图滥用它的暴力来报复并补偿它所失去的特权。因此，老虎比狮子更加可怕。狮子常常忘记了自己是最强有力的那一个，是动物之王。因此，它非常安静，只要没被刺激到，它从不袭击人类……。狮子有着高贵的外表，腿与身长有着恰到好处的比例，长长的浓密的毛发将肩膀与

> 脸庞遮住，它那坚定的目光，充满威严的步伐——一切都在昭示着它那自豪而庄严的无畏感。相反，老虎的腿很短，而身体很长，头部裸露，眼睛里透出野性和不忠，血红的舌头总是伸出来，长长地直掉到脖子处——完完全全是卑劣的狠毒和贪婪的残忍。它唯一的驱动是它的愤怒和盲目的暴躁，却什么都无法认识，什么都无法区分。①

在布封的描述中，狮子和老虎成为鲜明的对照：狮子是动物之王（König），所用的修饰词是“权力”“自豪”“勇气”“力量”；而老虎则是暴君（Tyrann），对应的词是“暴力”“卑劣”“愤怒”“暴躁”。从这些词可以看出，这种对动物的描述本身就含有政治隐喻的意味。小说对两只动物的刻画以及它们最后的结局也体现了这种对比。侯爵夫人和随从在遇上老虎时，“它已经做好了袭击的样子，就像他们之前在宣传画上看到的那样，正准备朝他们扑来”（231 - 214），于是，老虎被射杀。而狮子在逃出牢笼之后，则是跑到了古堡废墟里的参天大树之下，静静地躺着晒太阳，一如在宣传画上看到的一样，并没有展现出它的可怕之处。最后，它被小男孩的笛声和歌声驯服。如果我们将这篇小说放置在它产生的时代背景中，则不难理

---

① *Herrn von Buffons Naturgeschichte der vierfüßigen Thiere*, Sechster Band. Troppau：Traßler 1780, S. 166ff.

解作者这样对比的用意以及其对政治秩序的隐喻。18世纪末期的法国大革命对当时的整个欧洲都产生了重要影响，它使社会各阶层和各方面产生了震荡。在对待这一问题上，德国文学界产生了不同的观点，以歌德和席勒为首、被后人称为古典主义流派的作家强烈反对通过暴力的方式推动社会的进步，他们主张以温和的、改良的方式来进行。在同一时期，德国的封建制度也在发生着变化，其中市民阶层的崛起壮大也是一个重要因素。因此，小说的整个布局——无论从人物、时间、地点还是情节等——都体现了这种从旧到新的转变过程。

赫诺里奥是小说中的一个重要人物，他的名字 Honorio 来源于拉丁语 Honorius，又从 honor 引申而来，意为荣誉、俊俏。[①] 这个名字便是他这个形象的典型体现，文中对他的描写是这样的：

> 赫诺里奥也放弃了期盼已久的狩猎，心甘情愿留下来侍奉她（指侯爵夫人）。

> ……年轻人是如此俊俏，他急驰而来的瞬间，就跟侯爵夫人常常在竞技场上看到的他一个样子。他曾经骑着急驰飞奔的马儿用子弹命中了立在木桩上

---

① Christian Wagenknecht（Hg.）：*Johann Wolfgang Goethe: Novelle. Erläuterungen und Dokumente*. a.a.O.，S. 7.

的土耳其人的脑袋，不偏不斜，就打在裹头布的前额正中；他也曾经在马背上用手中闪闪发亮的宝剑，一下子就将地上摩尔人的脑袋挑了起来。所有的这些技艺他都掌握得炉火纯青，此刻也发挥了它的作用。(205，215－216)

从这些描述中可以看到，赫诺里奥身上有着中世纪时期骑士的影子：长相俊俏、竞技英勇、甘愿为女主人效劳。荣誉对他来说是至关重要的，他猎杀的老虎对他来说也意味着“战利品”。同时，他也相信可以通过武力竞技来解决纷争问题，这也是他熟练掌握各种武力技能的原因。

与此相对的是来自贵族阶层的侯爵。与贵族阶层的娱乐活动相比，侯爵显然对于如何促进自己所管辖地区的经济发展更感兴趣。文中是这样描写的：

早在昨日，侯爵就已骑马带着夫人在那堆积如山的货物和熙熙攘攘的人群中穿行了一番，为的是让她看看，正是在这里，在这山区与平原交汇融合的地方，人们心满意足地交换着货物；他懂得只有让她亲临其境，她才能感受到他所管辖领地上的繁华。

这些天，侯爵和周遭的人几乎只谈论这一话题，尤其是与他的那位财政大臣整日没完没了地工作……(197－198)

侯爵因为关注领地的经济情况而将狩猎活动一再推迟，统治者的这种管理重心的转移预示了社会转型的希望。歌德在19世纪初期，也就是在其晚年，十分关注英国、美国和法国的社会发展状况，他对此的思考也渗透在《中篇》的创作中。他描述的这个德意志邦国与当时进步的美国形象有相似之处。[①] 歌德对美国的关注与当时的萨克森-魏玛-艾森纳赫公国的王子卡尔·贝恩哈德公爵(Herzog Karl Bernhard)曾经游历被当作“新世界”的美国这一事件有着密切关联。1826年8月，贝恩哈德重新回到魏玛并拜访了歌德。两人探讨了贝恩哈德的游记和见闻，歌德甚至还作了一首诗歌欢迎公爵的归来。因为歌德在这位公爵身上看到了封建统治者转向市民阶层的希望。[②] 在当时歌德所生活的大公国，经济结构总体来说仍是以封建制度为主的。但自18世纪末期到第一次市民改革浪潮(1816—1830年)期间，已经出现了冲击封建制度的零星尝试。正是在19世纪20年代，萨克斯—魏玛—艾森纳赫公国采取了一系列措施加速了封建制度的解体，这使得它在历史进程中超越了德国其他地区：“自1816年颁布宪法以来，之后的一系列法律法规扫除了最强的障碍或者说为它的解体创造了前提条件并在重要细

① Anneliese Klingenberg: *Goethes "Novelle" und "Faust II". Zur Problematik Goethesche Symbolik im Spätwerk*. In: *Impulse. Aufsätze, Quellen, Berichte zur deutschen Klassik und Romantik*. Folge 10. Berlin und Weimar: Aufbau-Verlag 1987. S. 75 - 124. Hier S. 85.

② 同上，S. 82f.

节上打开了通向市民社会的大门。”[①]应该说，小说中的侯爵正是这一新兴的改良派贵族阶级的代表，他注重经济发展，关心人民生活。同时，他对狮子的处理方式也与赫诺里奥对老虎的处理方式形成对照。作为一位被民众信服的、拥有权威和权力的执政者而非暴君，他对外来的危险并未使用暴力，而是采用了温和的处理方式。而赫诺里奥在故事的结尾也似乎对此有了认识，仅凭武力并非最好的解决方式：赫诺里奥两眼直直地望着远处夕阳开始下落的方向。“你在望着日落，”女人高声叫道，“这是对的，那儿还有很多事情等着你呢，赶紧去吧，不要耽搁，你会战胜一切的。不过，你首先得战胜你自己！”（227－228）“战胜你自己”可以看作是赫诺里奥必须转变自己陈旧的封建思想和作为，然后便能战胜一切。

这种从旧到新的转变也体现在小说故事发生的地点上。古堡废墟暗示了过去旧的制度和阶层，而侯爵所在的侯爵府则是新的社会制度和秩序的代表。就如老侯爷在谈到将旧古堡的图纸做成装饰画挂在花房让客人们欣赏时说道：“……没有哪位客人在欣赏过我们井然有序的会客厅、凉亭和林荫大道后，会不渴望再切身领略一下那将旧与新、凝固与新鲜、坚韧与柔韧、不可摧毁与不可抗拒结合在一起的奇妙景致。”（203）而狮子在古堡的废墟

① Rosalinde Goethe: *Untersuchungen zur Agrargeschichte des Weimarer Territoriums von Beginn des 18. Jahrhunderts bis zu bürgerlichen Reformen des frühen 19. Jahrhunderts*. Diss. Jena 1982. S. 226.

中被驯服也暗示了“新”对“旧”的战胜。

由此可见，老虎和狮子的形象以及由它们所引发的一系列后果，都参与了对政治秩序的构建。这种互动性既来源于对动物学知识的实践，又来源于动物学知识所带来的想象。当然，如果我们最后再回到小男孩对狮子的驯服这一情节，就不难看出，文中所描述的人类对动物的认识和想象都建立在以人为中心的基础之上，因为人类学差异是动物成为他者的源泉。虽然狮子代表了森林之王，然而它的权力也是有边界的，这个界值就是人。布封在描写狮子时首先提到的便是人，他认为人是独一无二的物种，并且很少有变化，是与其他所有物种完全区别开来的。① 布封所代表的这种明确的人类学差异观点在小说中也体现得淋漓尽致：

> 可是棕树林是狮子的天下，它迈着矫健的步伐穿过沙漠，去统治那里所有的动物，没有谁敢违抗它。但人却知道如何去驯服它，万兽之王的狮子也对人类怀着敬畏，因为他们是上帝的同类，一如为上帝和他的臣仆们服务的天使。

> ……小男孩看上去充满灵性，宛如一个强大而

---

① *Herrn von Buffons Naturgeschichte der vierfüßigen Thiere*, Sechster Band. a.a.O., S. 294.

> 战无不胜的征服者，而另一个虽然算不上是被征服者，因为它身上还蕴藏着力量，但却像一个被驯服者，沉浸在自己温和的意志之中。(224,231－232)

显然，在歌德的这篇小说里，体现了以人类为主体和中心的人类学观点。人处于万物之上，并可以掌控万物。人与动物的二元对立从二者生存空间上的划分来看仍旧突出，小男孩对狮子的驯服既是一种诗意化的描写，同时也表达了人类对自身拥有把控动物的能力的信心。这种坚定的人类学思想与19世纪初期人类学的蓬勃发展密切相关。也许，在一定意义上来说，在18世纪末期之前，“人”并不存在，“人”是伴随着现代人类学知识的产生而出现的。随着上帝的退位和自然科学的发展，大量关于人和世界的知识得以形成，人才确立了自己的中心地位。理性主义的兴起使得人确信自己能够通过理性和知识来掌控世界，而动物，显然是人需要和能够掌控的其中一部分。

小说《中篇》为我们展现了一幅传统的以人为中心的人与动物关系图。在这里，人是绝对的主体，动物是与之相对的客体。在人类的秩序构建中，动物是“他者”，是人类用于区分自我并肯定自我、使得“我之所为成为我”的他者。但即使是在这种传统的二元对立关系中，作为他者的动物在人类秩序的构建中仍然发挥着重要的作用。一方面，人类的政治秩序建立之初，就与同动物的生存竞争密切相关。从与动物争夺生存空间开始，人类逐渐对动物的生存处所进行挤压，建立起专属于人的城市空间，到为动物建立异托邦——正如小说中所展示的流动的动物展览园，动物一直是人类秩序中的他者。而这种他者属性又是人类借以构建政治秩序的工具。另一方面，关于动物的知识和想象又成为人类构建和维持政治秩序的基础和依托。小说中出现的老虎和狮子作为自然界中的猛兽，成为人类政治秩序中危险因素的投射，更有意思的是，老虎和狮子分别作为动物界中的统治者形象还隐喻了人类政治秩序中的统治阶层。也就是说，作为自然生命，动物是人类学差异中的他者；作为外来的危险因素，动物也隐喻着人类政治秩序中的他者。这两者相互交织于人类的动物知识和动物想象之中，成为秩序构建的重要元素。

第三章　豪夫《作为人的猴子》中“界限式形象”之想象

如果说，流动的动物展览园中所展示的狮子、老虎等猛兽只是为了满足居住在城市中的市民们无法亲临丛林而产生的好奇心的话，那么在18世纪到19世纪间，最吸引人类眼球的动物非猴子莫属。再具体一点来说，应该是人猿这个生物物种。事实上，一直到18世纪中期都未有对猴子和人猿的具体区分，因此，“猴子”在很长一段时间内都成为这些物种的统称。对于猴子的描述和认识古已有之，为何到了19世纪初期成为人们关注的焦点？这首先要从近代以来的地理大发现谈起。新航线的开辟使人们能够到达更远的地方，新大陆的发现也使人们的视野得以扩展，除了经济因素以外，随之而来的是对各类新型动植物的探索和研究。各种游记中大量关于各式异域动物和人的描述都引起了欧洲大陆的极大关注。例如，英国旅行家安德鲁·巴特尔（Andrew Battell）在记载他1589年至1607年间非洲旅行的日记中曾描述了一种介于人与动物之间的物种，被称为"Pango"的生物。从他的描述来看，就是我们今天所说的人猿。同一时期，动物买卖和动物展览园开始兴起。到了17、18世纪，尤其是18世纪中期，大量猴子和人猿被运往欧洲大陆，对比解剖学的发展也帮助人类获得了大量关于这类动物的知识。其中最著名的便是1699年英国科学家爱德华·泰森(Edward Tyson)发表的解剖学研究成果：《猩猩：侏儒与猴子、猿、男人的解剖对比》(*Orang-Outang, sive Homo Sylvestris: of the Atatomy of a Pygmie compared with that of a Monkey, an Ape and a Man*)。他的研究发现，人与猿猴之间的身体构造及生理系统等都极其相似。到了1735年，瑞典博物学家林奈已经开始将人和猴放在一个范畴内进行研究，在他1758年出版的关于物种分类的著作中便将人猿和人一起归入灵长目类，并为它取名为Homo Troglodytes。虽然林奈还未像之后的达尔文一样谈到人与人猿之间的进化亲缘关系，但这在生物学研究史上已经是一个里程碑，它动摇了神学上的教条学说：人与动物之间有着绝对的区分。因此，虽然达尔文直到19世纪中期才发表《物种起源》，揭示了人与动物的亲缘关系，但事实上，进化理论的思想早在18世纪就已开始萌芽，并在民众中产生了广泛影响。例如法国生物学家拉马克(Jean-Baptiste Lamarck)所提出的进化观点便是其中的代表。虽然拉马克主义在现代科学研究中被证明是有问题的，但这种进化观的提出在当时仍然具有重要意义。

鉴于猴子与人的相似性，人们开始关注到猴子的学习能力、模仿能力，从而开启了对这种生物的训练。这在18世纪末期逐渐兴盛的马戏团表演中可见一斑。例如在巴黎，有一只猴子常常被扮演成火枪手、女孩或小丑的样子，并且表演各种杂耍；还有一群猴子被装扮成士兵，表演跳舞、打牌或是进攻一座城市等场景。[①] 19世纪初期开始，欧洲各大皇家动物展览园开始向民众开放，1801—1805年间，巴黎建立了第一座猴屋（Affenhaus），1835年进行了翻新并引进了第一只人猿。[②] 欧洲其他城市的动物展览园都有着相似的发展轨道，1876年，柏林动物园也终于有了第一只大猩猩。这一时期，猴子成为了动物园中最受欢迎的动物，人们认为它们具备学习能力和接受教育的能力，猴子被当作是可文明化的生物来向世人展示。它们穿衣、喝茶、看书，似乎和人一样。然而，正是猴子这种与人相似的特性，使得它产生了更大的陌异性。它给人类学带来的不安达到一种峰值，在启蒙时代后期，人猿已经成为哲学的研究对象，引发了各种对立的人类学定义。可见，生物学的重大发展也直接影响了人类学的发展，因为它为人类理解和认识自我提供了另一个维度。这一时期的文学更是以极大的热情关注并反思了这一现

---

① Eric Baratay, Elisabeth Hardouin-Fugier: *Zoo. Von der Menagerie zum Tierpark*. Berlin: Wagenbach 2000, S. 67.

② 同上，S. 84 - 88.

象，并以其独特的虚构方式呈现并加工了这一人类学问题。猴子作为“人的镜中形象”和“人类学上具有扰乱效应的角色”[①]，在人对自我的理解和定位中提供一种参照和反思的可能。进化观念使人与猴之间不再有那么清晰的界限，它们之间非常直接的相邻关系为文学作品的破界游戏提供了科学依据和便利。[②] 19 世纪初，欧美文学中出现了大量以猴子为主题的作品，例如德国浪漫派作家霍夫曼于 1814 年创作的《一则关于一位有教养的年轻人的信息》(*Nachricht von einem gebildeten jungen Mann*)，德国作家豪夫于 1826 年出版的童话年鉴中的一则童话故事《作为人的猴子》(*Der Affe als Mensch*)，奥地利戏剧家莱斯特罗(Johann Nestroy)于 1836 年创作的滑稽剧《猴子与新郎》(*Der Affe und der Bräutigam*)，美国作家爱伦·坡(Edgar Allen Poe)于 1841 年发表的短篇小说《莫尔格街凶杀案》(*The Murders in the Rue Morgue*)，等等，都是典型的代表。在这些作品中，猴子的形象是多面的，有的野蛮，有的受过教育；它们在小说或剧中的角色也是多样的，有的是叙述者，有的是叙述对象。它们的模仿能

---

① Marco Lehmann: *Ars Simia — Ästhetische und anthropologische Reflexion im Zeichen des Affen. Zum Fortleben mittelalterlicher Bildprogramme in der Romantik, bei Raabe und Kafka*. In: Sabine Obermeier (Hg.): *Tiere und Fabelwesen im Mittelalter*. Berlin und New York: de Gruyter 2009. S. 309 – 338. Hier S. 309.

② Martina Wagner-Egelhaaf: *Vom Nachäffen. Menschen und Affen in der Literatur*. In: *Nestroyana. Blätter der internationalen Nestroy-Gesellschaft*. Jg. 23. Heft 1/2. 2003. S. 20 – 34. Hier S. 20.

力、语言能力、学习能力，这些拟人的部分，都成为文学勾勒和阐释的主题。同时，猴子的天性——所谓的动物性，又与上述这些方面形成鲜明的对照，也成为文学作品中不可或缺的主题。二者的对比与交互使得文学作品中呈现出来的猴子形象是一种界限式形象（Grenzfigur），或者说是一种处于人与动物之间的混合物（Mischwesen）。文学对猴子形象的关注随着达尔文进化论的发表进一步发酵，一直延续到 19 世纪下半叶以及 20 世纪初期。只用举出几个例子便能看出：1879 年，德国作家布施出版了他的绘画故事集《猴子飞普》；1917 年，德语作家卡夫卡的短篇《一封致科学院的报告》问世；1921 年，美国著名剧作家奥尼尔（Eugen O'Neill）创作戏剧《毛猿》（*The Hairy Ape*）。当然，这一时期诞生的文学作品中对猴子的塑造与演绎又与 19 世纪初期的文学作品有所不同，这与时代所呈现的历史语境密切相关。因此，本书仅限于讨论 19 世纪初期这一历史语境下的文学作品中对猴子形象的演绎。但无论是在哪一种语境中，猴子显然都充当了一个他者的角色，因为它与人的相近之处——所谓“人性的”因素，和它与人的不同之处——所谓“动物性的”因素，使得它成为可以进行对比和反思的参照物。特别有意思的地方在于，这种他者具有不确定性，可能作为动物出现，也可能作为“人”出现。而选择豪夫这篇《作为人的猴子》作为分析对象，是因为它集中反映了 19 世纪初期西方人对猴子这一生物的认识与想象，对其生命塑造的可能性的尝试，以及它作为他者和他者形象的隐喻给人类带来的不安与困惑，直至对主体身份构建的影响。在这篇文学作品中，猴子既是动物，也是“人”。

一、异质的童话

德国作家豪夫自1825年起先后出版了三部年鉴形式的童话集，标题为《为有修养阶层的儿女们而作的童话年鉴》(*Märchen — Almanach für Söhne und Töchter gebildeter Stände*)。其中的一组框架叙事故事《亚历山大酋长和他的奴隶们》(*Der Scheik von Alessandria und seine Sklaven*)是他在近十个月的游学经历期间创作的，其中还借用了一些别的作家的童话故事（如格林童话）。尽管如此，这些作品仍具有豪夫式童话独有的特点。首先，这些童话都不是以我们熟知的“很久很久以前……”这样的表达开始的，这里没有富有的国王、美丽的公主、勇敢的王子或是恶毒的巫婆，也不是以“从此以后他们幸福地生活在一起”为结局。也就是说，童话的“无时间性”(Zeitlosigkeit)和“无空间性”(Raumlosigkeit)元素在这里都消失了。其次，这些童话中缺少了神奇和魔幻元素，诸如将人变成动物之类的魔法，或者动物自然而然是会说话的形象，等等。换句话说，童话不再是传统意义上的“童话”了。最后，这些童话故事都处于一个框架结构之中，所有故事的讲述者都是这个框架中的一个人物，他们以第一人称的方式来讲述他们听说或亲历过的事情，这样便使得故事听起来更加可信，而非天方夜谭。同时，根据叙述者的身份还可以确定故事所发生的时间和地点，也就是说，它们都是"真实"的。《亚历山大酋长和他的奴隶们》这一组框架叙事故事讲述的是每逢酋长儿子被劫持的日子，他都要释放十二个奴隶。而在这之前，每个奴隶必须讲一个故事。《作为人的猴子》是一个来自德国的奴隶所讲的关于德国小城格林威塞尔的故事。讲述者自己如此说道：

> 酋长！我是个德国人，在您国家生活的时间太短，因此无法给各位讲一则波斯童话，或是一个关于苏丹和宰相的有趣的故事。所以请允许我讲一件发生在我祖国的事情，它或许同样会令各位感到开心。但我们那些故事不如你们的高雅，也就是说，它们并不总是讲苏丹或者我们的国王……；如果不是讲士兵的故事的话，那么它们通常都很纯朴，讲的都是普通市民的故事。[①]

由此我们可以看到，这个故事的时间、地点和人物都是确定的，即19世纪初期德国小城格林威塞尔市民们的

① Wilhelm Hauff: *Der Affe als Mensch*. In: *Sämtliche Märchen*. 2. Auflage. München: Deutscher Taschenbuch Verlag 1981. S. 153 - 177. Hier S. 154. 以下分析部分再次引用《作为人的猴子》原文时则只用括号注明原文页码。

故事。鉴于这一既不同于传统民间童话又不同于浪漫派艺术童话的“真实性”特征，豪夫童话被某些学者称为“真实童话”①（Wirklichkeitsmärchen）。豪夫童话年鉴的这种框架叙事结构设置一方面增加了故事的“真实性”，同时却也产生了童话般的奇妙效果。因为讲述者虽是德国人，却身处异国他乡，听众也和他有着完全不同的出身和文化背景。因此，这种来自遥远异乡的故事便像是童话一般，吸引着来自另一国度的人们。从东方的亚历山大城到西方的德国小城，这种地理空间上的转换以及不同文化的对比为这个故事打上了异域色彩的烙印。而这种异域性还是双重的，对于双方来说都是有效的。同时，这种异域性还为故事拓展了其可能性的空间，因为听众并未去过那里，而世间的事情则“无奇不有”。听众在叙述者讲述过程中所插入的提问或是之后的评论和反馈也增强了这种效果：

> “你们的大街上如此不安全吗？”酋长打断了这个奴隶的讲述，“还需要你们的苏丹给你们发个证来抵御盗贼吗？”……（154）

> “在这些法兰克人中肯定有不少怪人呢。说真的，我宁愿做亚历山大酋长和法官统治下的臣民，也

---

① Hans-Heino Ewers：*Romantik*. In：Reiner Wild（Hg.）：*Geschichte der deutschen Kinder- und Jugendliteratur*. 3. Auflage，Stuttgart：J. B. Metzler 2008. S. 96－130. Hier 119.

> 不愿生活在格林威塞尔城的主教、市长以及那帮蠢女人之中!”
>
> “你说对了”,那位年轻的商人附和道:“我连死也不肯死在法兰克斯坦。法兰克人是个粗鲁、野蛮和未开化的民族,对于一位有教养的土耳其人或者波斯人来说,在那里生活一定很可怕。”(170)

主体框架中展现出来的对其他民族和文化的偏见与想象恰恰也是叙述者所讲述的故事所要展现的内容。《作为人的猴子》讲述的是在德国小城格林威塞尔发生的一个令人啼笑皆非的故事。一个外乡人从柏林来到了格林威塞尔,但却与这里的人们格格不入。后来这个外乡人把一只大猩猩乔装成自己的侄子,并教它德语、舞蹈等等,使它进入了小城的社会圈。而这只大猩猩被误认为是英国人,它受到大家的崇拜,年轻人都争相模仿它的行为。最后,在一场音乐会上,因为外乡人的缺席,大猩猩原形毕露,被一位研究自然科学的先生买走作为展览品。而外乡人留下一封信后离开了小城,他称这只是跟小城的市民们开的一个玩笑。豪夫所写的这个故事还被后来的奥地利作家巴赫曼(Ingeborg Bachmann)用作一个歌剧剧本的素材,名为《年轻的公爵》(*Der junge Lord*)。可以看到,这个故事本身就充满了戏剧性色彩,并且这一切又是通过一只猴子,准确地说,是一只大猩猩来完成的，这就更加吸引读者的眼球。但值得我们深思的是，不是任何一种动物都能充当这一角色的，选择大猩猩来演绎这个故事绝不是偶然的。因此，本书所要关注的焦点是：大猩猩(或猴子)在何种程度上作为人类的他者？它的“界限式形象”带来了哪些可能性？它又在何种程度上成为他者的象征？所有这些问题都将被放在 19 世纪初期的进化论思想和民族主义思想发展过程中去考察。

二、作为“界限式形象”的猴子

猴子这一生物作为“界限式形象”绝非近代以来的新鲜事，而是早已扎根在西方文化之中。自古希腊时期起，传统的动物学研究——例如亚里士多德、小普林尼(Gaius Plinius Caecilus Secundus)、盖伦(Claudius Galen)等的研究，在使用关于猴子的术语时，通常都会在“simia”这一总称后面再加上诸如“cynocephalus”(意为“犬头人”)、“sphinx”(意为“狮身人面像”)、“satyrus”(在希腊神话中指半人半兽的森林之神)之类的限定词。显然，这时候的猴子已经被看作是一种混合物，这体现在两个方面：一是作为人与动物之间的混合，二是作为动物学与神话传说之间的混合。但这时候的猴子形象并不会引起不安，因为从当时的历史条件来看，这种生物并未被视为一个认识论上的问题。一方面，古希腊时期的人与动物还同属于自然界的一部分，两者之间尚未出现人类学差异这一重大问题；另一方面，那时候的动物学和神话传说也并未像今天一样区分得如此清楚，它们所描述的世界并非是完全独立于彼此的。因此，例如“犬头人”是否是一种猴子类型或是神话中的狗头人身的人，这种问题可能让人思考，但还不会引起人的不安。[①]

到了基督教文化早期，猴子的形象演变成为魔鬼，例如在《自然史》中有这样的描述：Der Teufel ist ein Affe Gottes，simia Dei[②]（魔鬼是上帝的一只猴子）。于是，猴子形象开始与魔鬼联系起来，并贯穿整个中世纪时期。比较著名的是《约翰·浮士德博士的故事》（*Historia von Dr. Johann Fausten*）。浮士德的助手瓦格纳希望魔鬼梅菲斯特带给自己一个以猴子形象出现的帮手。[③] 同时，猴子形象也越来越接近于怪物（Monster），比如13世纪的巴黎学者安格库斯（Bartholomaeus Anglicus）就在他编写的《动物百科全书》（*De proprietatibus rerum*）中这样指称猴子。[④] 中世纪哲学家麦格努斯（Albertus Magnus）

---

① Roland Borgards：*Affen. Von Aristoteles bis Soemmering*. In：ders (Hg.)：*Monster. Zur ästhetischen Verfassung eines Grenzbewohners*. Würzburg：Königshausen & Neumann 2009. S. 239－254. Hier S. 239－240.

② *Physiologus*. Griechische/Deutsch. Übersetzt und hrsg. von Otto Schönberger. Stuttgart：Reclam 2001. S. 86f.

③ *D(oktor) Johann Fausten: Historia*. Text des Druckes von 1587. Kritische Ausgabe. Mit den Zusatztexten der Wolfenbütteler Handschrift und der zeitgenössichen Drucke. Hrsg. von Stephan Füssel und Hans Joachim Kreutzer. Stuttgart：Reclam 2006. S. 112.

④ Horst W. Janson：*Apes and Ape Lore in the Middle Ages and the Renaissance*. London：Warburg Inst. 1952. S. 19f.

在《关于动物》(*De animalibus*)中则解释了这一说法的由来：清晰的人类学差异。他认为人是在精神和肉体上都完美的生物，与人相对的是其他所有的生物。但在这些生物中又区分了“与人相似的”生物和“与人不相似的”生物，而猴子就属于前者(麦格努斯还将侏儒也归入这一类)。于是，就产生了一个处于人与其他生物之间的“中间地带”，既不完全属于人，也不完全属于动物——猴子便成为一种“界限式形象”。显然，这时候关于猴子的归属问题已经开始成为一种认识论的问题。

近代以来，这一问题的关注度变得更高，因为这时候，它不仅仅是认识论问题，还是关系到人类自我理解和自我定位的人类学问题。不过，虽然这时候的动物学还未真正将猴子这一总称与人猿或猩猩这样的称呼相区分，但事实上，这一“界限式形象”越来越多地被人猿接手。因为近代以来，伴随着地理大发现和新航线等重大历史事件的推进，欧洲人对人类在自然中的地位及其与动物界的关系的看法也随之发生了转变。欧洲人发现了其他人种以及和人极其相似的人猿，并且面临一系列问题：例如在美洲发现的野人到底属于人还是人猿？欧洲人又是否有着绝对的安全性——即一定属于“人”这一范畴？这一切都导致了人与动物之间的界限成为让人更加困惑的问题。而随着生物学的巨大进步，人猿越来越成为人们关注的焦点，也引起了越来越多的不安。美国学者詹森(Horst W. Janson)认为，1699 年泰森发表了关于人与人猿的解剖学对比结果，这一事件标志着“人猿”这一概念正式进入了西方人的意识之中。[①] 1776年，林奈在其文章《关于兽人》(*Vom Thiermenschen*)中也提到：这种生物是人和猴子之间的中间物(Mittelding)。[②] 同一时期，荷兰哲学家保夫(Cornelis de Pauw)也认为人猿是一种中间物，并称它是人与猴子之间的连接物，是填补这一空缺的。[③] 由此可见，在18世纪的欧洲，人猿已经成为自然科学、哲学和美学意义上的界限式形象。虽然，美学形象自古希腊时期起就已经萌生，但却在18、19世纪才达到它的巅峰。并且当这种界限式形象移植到文学作品中时，它便呈现出更加丰富多样的剪影，也有了更生动的展现。

童话《作为人的猴子》首先在标题上便为读者勾勒了这样一种界限式的张力场：猴子既作为动物，也作为人。更加有意思的是它的另一个标题——《年轻的英国人》。也就是说，猴子在其中扮演的是英国人。这种扮演的可能性首先源于它与人类的相似性，其次则要归功于装扮它的那个陌生先生(der fremde Herr)。最后，是格林威

---

① Horst W. Janson: *Apes and Ape Lore in the Middle Ages and the Renaissance*. London: Warburg Inst. 1952. S. 336.

② Carl von Linnè: *Vom Thiermenschen*. In: Ders.: *Auserlesene Abhandlungen aus der Naturgeschichte, Physik und Arzeneywissenschaft*. Band 1, Leipzig: Böhme 1776. S. 57 – 70. Hier S. 65.

③ Cornelis de Pauw: *Philosophische Untersuchungen über die Amerikaer, oder wichtige Beyträge zur Geschichte des menschlichen Geschlechts*. Übers. von Carl Gottlieb Lessing. Zweyter Band, Berlin: G.J.Decker und G.L.Winter 1769. S. 48f. (französische Erstausgabe 1768/1769).

塞尔城居民们的想象力推动了故事的发展。因此，接下来我们将着重论述以下三点：陌生先生之所以会选择一只大猩猩来乔装他的侄子，是因为他本身所带有的与小城市民相对的陌异性同大猩猩的“界限式形象”有着交集之处——作为“他者”的存在；而关于对大猩猩的语言、艺术、社交等方面训练的描述则体现了文学对于自然科学、哲学等其他领域知识的独特的反思方式；把大猩猩当作是英国人，虽然是格林威塞尔小城市民们的误读，却也反映出19世纪初期民族主义兴起的时代背景。以上三点相互交织，为我们勾勒出19世纪初期猴子之于人类的“界限式形象”以及它所象征的他者形象。

三、小城封闭秩序的“他者”

故事的发生地位于德国南部一座名为格林威塞尔的小城。“它和所有其他的小城一样。城的中心是一个小广场和一口井，旁边是一个小小的、古老的市政厅，广场周围是法官和有名望商人的住宅，其他居民都住在几条狭窄的巷子里。”(154)这里对小城所有的描述都加上了“小”或是“狭窄”这样的修饰词，这不仅代表着空间的狭小，更意味着一种狭隘而封闭的秩序。而正是“这种接近前现代社会结构的依照等级建构的社会空间秩序”[①]造就

① 王炳钧：《威廉·豪夫的〈作为人的猴子〉中的空间秩序逻辑》，见前注，4页。

了一种集体生活模式，在这里，“居民们都相互认识，每个人都知道城里发生的任何事情”(154)。相互熟悉并相互认同是维持这一社会空间秩序的基础，市民们的归属感也由此产生。正如社会学研究学者列斐伏尔(Henri Lefebvre)所认为的那样：社会空间是一种社会产物，每个社会空间有其独有的形式、时间性和特性。[①] 在格林威塞尔这个集体生活模式的社会空间中，私密范畴和公众范畴显然没有细化分工，现代社会中的匿名性也还未开始，人们之间的交往以身体在场为特征，并由此形成舆论，从而构建这个社会空间里所发生事件的真实性：

> 要是牧师或者市长、又或是大夫的餐桌上多了一道菜，那么到吃午饭的时间便已是全城皆知。接着到下午，女士们便开始相互进行所谓的走访，一边喝着浓咖啡，品尝着甜点，一边交换对这件大事的看法，最后的结论是牧师很可能是中了彩票，发了一笔基督教徒不该发的横财，或者市长肯定是收受了贿赂，又或是大夫开了天价药方，从药剂师那里拿了几个金币的回扣。(154)

① Henri Lefebvre: *Die Produktion des Raums*. In: *Jörg Dünne*, *Stephan Günzel* (*Hrsg.*): *Raumtheorie. Grundlagentexte aus Philosophie und Kulturwissenschaften*. Frankfurt am Main: Suhrkamp 2006. S. 330 – 342. Hier S. 330.

可以看到，格林威塞尔小城本身就是一个整体，其中的个体很难有独立的空间，更多地是依附于这个整体的社会空间。整个小城将市长、牧师、大夫等权力中心，与普通市民共同组成一个完整体系，并以它自己的方式运作着。“在格林威塞尔这样一座井然有序的小城”(154)，突然有一天搬来了一位外乡人，人们不知道“他的来历和意图，靠什么过活”，因此市民们感到“非常不舒服”，“尽管市长查验过他的护照，一种我们那儿人人都得有的身份证明文件”(154)。外乡人的到来给小城封闭的社会空间带来一种威胁，这首先源于他无法获得个体的身份认同。因为在这里，个体的身份认同更倾向于来自周围市民的认同，而非法律意义上的身份认定。因此，即使他有护照，也同样避免不了人们对他的猜疑：

> 是的，市长是检查过他的护照，并且在大夫家喝咖啡时讲到，护照上的的确确签的是从柏林来格林威塞尔，但背后似乎总有点什么，因为这人看上去颇为可疑。市长在城里的威信极高，难怪从此这个外乡人就成了众人眼中的可疑分子。(154 - 155)

当然，外乡人给小城市民带来的不安不仅仅是因为他是一个陌生人，大家不熟悉的人，而更是因为他是不属于格林威塞尔这个社会空间的外来者，他是柏林来的。虽说在今天看来，这两个城市都属于德国，但直到 18 世纪末19世纪初，德国实际上都处于分邦割据的状态。德国历史学研究者普拉内特（Ute Planert）认为，尽管在18世纪末期，形成现代民族主义的所有因素都已具备，尤其是在有了共同的敌人——法国之后，更加推动了这一进程。但不能忽视的是，即使是在1813年的拿破仑战争中，大多数普通民众的忠诚意识仍然停留在针对他们自己所在的地区（或邦国）而非统一的德意志民族。这种现代民族主义思想更多存在于精英阶层。[①] 不过，虽然格林威塞尔市民们的这种自我认同感还不能称为德意志的民族主义，但它却也是一种狭义的民族主义，是只针对自己所在地区的一种民族主义。因为从文化学的角度来看，“民族主义是一个集各种想象秩序为一体的系统，它适于将人们融合成集体。针对‘他者’划界，对于民族主义具有建构意义。民族主义是一种融纳的意识形态，在此之中，吸纳与排斥互为条件。”[②]民族主义首先是一种地理空间上的现象，陌生先生从柏林迁来格林威塞尔，这本身就是一种跨界行为。而对于民族主义来说，更加重要的是秩序观念的趋同化。陌生先生的到来直接威胁到小城相对固定的社会空间秩序。事实上，也确实如此。因为这个陌生先生完全无法融入小城的社会空间秩序，成为了群体之外的边缘人：

---

① Ute Planert：*Nation und Nationalismus in der deutschen Geschichte*. In：*Aus Politik und Zeitgeschichte*. B39/2004，S. 11－18. Hier S. 15.

② 同上，S. 11.

> 陌生先生花几个金币租了一栋迄今一直空着的房子,雇马车运来一车奇怪的家什,把火炉啊、酒精灯啊、大坩埚啊什么的搬进房子,从此过着离群索居的生活。是的,他甚至饭也自己做,除了一个受雇替他采购面包、肉食和蔬菜的老头儿,格林威塞尔就再没有任何人踏进过他的家门。而且就连这老头儿也只许进入他家的走廊,陌生先生就在那里把买的东西接进去。(155)

一方面,没人真正进入陌生先生的房子,这保证了他私密空间的独立性;另一方面,他也从不参加社交活动:他不像其他男人一样下午去玩九柱球,晚上也不进酒馆,像别人一样一边抽着烟斗,一边谈论报纸上的新闻。(155)更重要的是,“市长、法官、大夫和牧师挨个儿请他吃饭或喝咖啡,他都一概婉拒”(155)。也就是说,当小城这一社会空间秩序的主导者们向他表示友好并想主动将其纳入这一空间中时,陌生先生选择与他们保持距离。于是,陌生先生的他者身份更加得到强化:“一些人认为他是疯子,另一些人说他是犹太人,还有一些人则坚称他是魔法师或巫师。”(155)关于陌生先生身份的猜想,也源于对他者的划界。这里的“疯子”“犹太人”“魔法师”“巫师”也都是不被社会主流秩序接纳的他者。因此,叙述者称:“这个人迁来我家乡时我才十岁,他在小城中引起的不安,我到现在记忆犹新,似乎就发生在昨天。”(155)小城市民们的不安当然也与对陌生先生的想象紧密相关。就这样，在长达十年的时间里，他都被城里的人称为“陌生先生”(der fremde Herr)。这种“陌生”或者“陌异性”(das Fremde)并非作为一种客观值存在，而是在与自我性(das Eigene)的对话中不断被构建。因此，它应当被定义为一种“他者”，是一种被阐释的陌异性。[①] 于是，陌生先生在很长一段时间里都是小城封闭空间秩序的“他者”。

这种局面终于在某一天被打破了。因为城里来了一群牵着稀罕动物的人：“他们有一头骆驼会冲人鞠躬，有一只会跳舞的熊，有一群穿着人类衣服的滑稽可笑的狗和猴子，它们做着各式各样的表演。”(155)显然，这是个流动的马戏团。现代意义上的马戏团产生于 18 世纪下半叶，最初出现在一所马术学校。当然这也出于那个时代军事训练的需要。后来在马术表演的基础上逐渐增加了走钢丝、杂技以及小丑表演等内容。同时，训练的动物种类也扩展到老虎、狮子、大象、猴子、狗等多种动物。他们最初进行露天表演，后来在固定的室内场所演出。到 19 世纪初期，马戏团已经发展成为一种通俗的娱乐文化方式。在另一种几乎同时期发展的类似演出——展示异域动物和异域人群的展览园——在 20 世纪初逐渐消失的情况下，马戏团中人与动物展示其特殊技能的表演却一直持续到今天，并且成为马戏团的必演节目。为何对

---

① Alois Wierlacher (Hg.): *Kulturthema Fremdheit. Leitbegriffe und Problemfelder kulturwissenschaftlicher Fremdheitsforschung*. München: Iudicium 1993. S. 62.

异域世界的展示最终失去了生命力？而人们又为何对马戏团表演有着持续不断的兴趣？因为人类已不再满足于单纯地观看动物，而是要对其进行进一步的操控，方法便是对其进行训练。驯兽人采用一系列方法对动物进行培训，以达到他所想要呈现的样子。而观众也乐于看到被规训的、能按人类指令行动的动物表演。在这一过程中，我们不难发现人对动物所持有的教育思想。在人类自身经历文明进程的同时，也希望将曾经的参照坐标——动物——纳入我们的文明秩序中。当然，反过来看，对动物的驯化又为对人的教育提供了参照。正如文化学研究者马侯（Thomas Macho）所说：“对兽类进行集体驯化和教育，卷毛狗、马、猴子以及其他动物同时也代表了 19 世纪对学习提出的文化命令。”[①]马戏团向人们展示出动物的可驯化性和学习能力，以此来展示对人类进行“教育和完善”的进步理念。[②] 这些又与 18 世纪末到 19 世纪初市民阶层崛起及其对自身修养的追求有关，这一点我们在后面还会再谈到。重要的是，文中的流动马戏团成为一种有别于城市空间秩序的独特的动态空间，其中的人和动物对于小城居民来说都是外来者。

在这些动物之中，有一个确实比较特别，文中也专门

---

① Thomas Macho：*Zoologiken: Tierpark, Zirkus und Freakshow*. In：Gert Theile：*Anthropometrie zur Vorgeschichte des Menschen nach Maß*. München：Fink 2005. S. 155－177. Hier S. 166.

② 同上，S. 168.

对此进行了描述:“但这次来格林威塞尔表演的这一帮人比较特别,他们有一只差不多和人一般高的大猩猩,它能双腿直立,表演各种杂技”(155)。这里的大猩猩德语原文用的 Orang-Utan 一词,在马来语和印尼语中的意思是“森林里的人”。另外,“能双腿直立”也是非常重要的一个特征。在很多人类学研究者看来,“直立行走”是人之所以发展成为人的一个重要标志,因为直立行走使前肢解放出来,不再用于爬行,进而逐渐发展成为人的双手。因此,大猩猩确实是与人类无限接近的动物。林奈在 1758 年发表的《自然系统》(*Systema naturae*)第十版中也将这种动物命名为“山洞人”(Homo Troglodytes Linnaei)[①]。而到了 1782 年,荷兰解剖学家坎贝(Peter Camper)以及后来的德国人类学家及解剖学家索梅林(Samuel Thomas Soemmerring)都将这种生物从人与动物的交界地带剔除出去,逐渐将它归为动物类。但事实上,这种生物的归类问题给人类带来了极大的不安,到底应将它归为“人属”(Homo)还是动物界?这从它的另一个名字“人猿”(Menschenaffe)中所暗含的交叉性与模糊性就能看出。德国文学研究者博嘉慈在一篇论文中指

① Linnaei, Caroli: *Systema naturae per regna tria naturae, secundum classes, ordines, genera, species, cum characteribus, differentiis, synonymis, locis* (*System der Natur für die drei Reiche der Natur, nach Klassen, Ordnungen, Gattungen und Arten, mit Eigenschaften, Unterschieden, Synonymen und Lokalitäten*). Laurentii Salvii, Holmiae [= Stockholm]. Tomus I, Editio decima, reformata Edition 1758. S. 24.

出，豪夫文本中看似明确的分类背后实际上充满了一种动态的不确定性，这首先就体现在对流动马戏团的描述中[①]：“第二天早上，马戏团离开了。骆驼驮着许多筐子，狗和猴子都舒舒服服地蹲在里面，而驯兽师和那只大猩猩却跟在骆驼后面。”（156）显然，大猩猩并没有和其他动物归为一类，反而是和驯兽师并行，凸显了它的独特性。“动态的不确定性”还体现在文本对“山洞人”“大猩猩”“猴子”这些概念不精确的使用上[②]，这也使得这种生物作为一种游离于边界的“中间物”凸显出来。猿猴作为一种“象征性的接触地带”[③]，多种地形在这里交叉汇集。此处的“地形”既有具体的地理位置上的意义，也有抽象层面的意义。一方面，对于欧洲来说，猴子起源于非洲，本来就是一种异域动物；另一方面，它又象征着陌异、野性等。[④] 由

---

① Roland Borgards：*Der Affe als Mensch und der Europäer als Ureinwohner. Ethnozoographie um 1800*（*Cornelis de Pauw*，*Wilhelm Hauff*，*Friedrich Tiedemann*）. In：David Wellbery（Hg.）：*Kultur-Schreiben als romantisches Projekt. Romantische Ethnographie im Spannungsfeld zwischen Imagination und Wissenschaf*. Würzburg：Königshausen & Neumann 2012. S. 17 - 42. Hier S. 27.

② 同上，S. 29.

③ 此处的“接触地带”一词来源于美国学者 Mary Louise Pratt，她把这个概念理解为发生文化碰撞的殖民地区。参见 Mary Louise Pratt：*Imperial Eyes*：*Travel Writing and Transculturation*. London：Routledge 1992，S. 7.

④ Virgina Richter：“Blurred copies of himself”. Der Affe als Grenzfigur zwischen Mensch und Tier in der europäischen Literatur seit der Frühen Neuzeit. In：Hartmut Böhme（Hg.）：*Topographien der Literatur. Deutsche Literatur im transnationalen Kontext*. Stuttgart/Weimar：J.B. Metzler 2005. S. 603 - 624. Hier S. 604 - 605.

此,大猩猩的“他者”形象显露无遗。

正是因为大猩猩与陌生先生之间有着“他者”的共通性,陌生先生才会感到特别高兴:“[……]他的表情变得和蔼起来,令所有人都感到惊讶的是,他望着窗外大猩猩的表演笑得很开心”(156)。第二天一早,在马戏团一行人离开后,“他在驿站要了一辆专车,坐上车走马戏团的同一条路追出城去了”(156)。当然,我们知道,他是去追那只大猩猩了。但是对于小城市民来说,这又是一件让人气恼的事情,因为“竟然没人知道他去了哪儿”(156)!如前文所述,在格林威塞尔小城的社会空间秩序中是不应该发生这种事情的,因为在这里还没有所谓的个体的私密空间。等到陌生先生带着大猩猩坐在车里再回到城门时,已经是晚上了。这里的深夜既为大猩猩的装扮提供了前提条件,又为人们的想象提供了空间。在进入城门时,守门人认为自己有职责盘问“新来的陌生人”(156)。“出于秩序的原因”(154)是需要出示证件的。然而陌生先生的回答异常粗暴,嘴里嘟囔着一种让人听不懂的语言。陌生先生称这是他的侄子,因为还不懂多少德语,用他自己的方言抱怨了几句。由于大猩猩与陌生先生的“亲缘关系”,守门人便认为没有必要坚持让它出示证件,这也再次证明了小城中的身份认同并非依靠法律意义上的身份证明,而更多来自市民们的熟悉和认可。于是大猩猩作为另一个新来的陌生人进入到了小城之中。值得注意的是,陌生先生让大猩猩充当他的侄子,这种“亲缘关系"一方面影射了 19 世纪初期的生物学进化理论思想，暗指大猩猩与人类之间的相似性；另一方面又使得猩猩之于人类的他者身份与陌生先生之于小城秩序的他者身份联系起来。

四、对"他者"的规训

这样一来，顺利进入小城的大猩猩与陌生先生便构成了与小城空间秩序相对的"他者"。市长和全体市民对守门人没搞清楚新来的陌生人的状况显得很有意见，他们认为，"他至少应该记住那位侄子讲的几个词，从这些词不难判断出，这叔侄二人到底是哪国人"(156)。用语言来判断国别，这与 19 世纪前后兴起的现代民族主义话语紧密相关。如果说，最初的民族主义是与固定的疆土、王朝的统治以及共同的神话相关，那么到了 18 世纪，语言便呈现出了极大的构建作用。自 18 世纪中期起，德语的统一和它的价值提升促进了德语民族文学的产生，由语言带来的影响一直持续至 19 世纪二三十年代。语言构成了建立民族国家的核心元素，这一点费希特(Johann Gottlieb Fichte)在 1808 年《对德意志民族的演讲》(*Rede an die deutsche Nation*)中便已提及：

> 说同一种语言的人们，在一切人为艺术之前，就已经通过纯粹的自然由一系列无形的纽带相互联结

> 在一起；他们能够相互理解，并能越来越清楚地进行沟通，他们本是一起的，自然就是一体，一个不可分割的整体。①

这一点到了现代社会更加突出：即使从外部面容上难以作出判断，但只要一开口说话便能知道这个人是不是当地人，正如德国作家约翰逊（Uwe Johnson）的短篇《啊！您是德国人？》（*Ach! Sie sind ein Deutscher?*）中所描述的那样：希尔内斯市的居民们到底什么时候才能知道他是从哪儿来的呢？当他开口说话的时候。②

面对市长和市民们的质问，守门人很肯定地说，那位侄子说的既非法语也非意大利语，"但音节很宽听起来很像英语，要是没听错的话，那位年轻人说了一句'God damn!'"。这样一来，守门人既摆脱了自身的困境，也替年轻人正了名；从此，小城中的人们一谈起他都只管他叫"年轻的英国人"（156－157）。"年轻的英国人"——这篇童话故事的另一个标题——便由此而来。将新来的陌生人定位为"英国人"，不仅仅是因为相对于同处欧洲大陆

① Johann Gottlieb Fichte: *Reden an die deutsche Nation*. In: ders.: *Sämtliche Werke*. Band 7. Berlin: Verlag von Veit und Comp 1845/1846. S. 259－499. Hier S. 460.

② Uwe Johnson: *Ach! Sie sind ein Deutscher?* In: *BRD heute-Westberlin heute. Ein Lesebuch*. Herausgegeben von Christlieb Hirte, Heidrun Loeper, Ingeborg Quaas und Dietrich Simon. Berlin: Verlag Volk und Welt 1984. S. 209.

且相距不远的法国和意大利，英国人更加符合陌异的他者形象；更重要的是，19 世纪初期的英国已经作为一个强大的民族形象出现在欧洲民众的理念和想象中。英国的崛起从 16 世纪末打败西班牙无敌舰队便拉开帷幕，接着在 17、18 世纪先后通过几次英荷战争又击败了有着雄厚资本实力的荷兰，同时它又联合多个欧洲大陆国家发动对法国的第二次百年战争，迅速增强了自身的军事实力和经济实力。这期间，英国还不断扩张它在海外的殖民地，尤其在 1763 年七年战争结束后，英国从法国夺取了整个加拿大和印度的殖民地，也标志着它已成为无可争议的海洋霸主。到 19 世纪初期，随着西班牙帝国的殖民地全部独立，在“殖民地面积”上，英国便成为了欧洲甚至世界第一的大国。凭借其地理优势和国内稳定的政治环境，英国在 18 世纪初期就已经成为一个统一的民族国家。因此，守门人的这种回答对仍处于分邦割据的德国人来说更能满足他们的心理期待，因为这时候的德国人也开始有了民族统一的强烈愿望。

不过，要让这个披着“英国人”外衣的大猩猩真正融入小城秩序，还得经过一段时间的培训。因为，无论是动物还是人——文中大猩猩兼具的两种身份——都必须经过“教育”才能成为真正的“人”：这是 19 世纪初期盛行的教育话语。比如德国哲学家康德在 1803 年发表的《论教育》(*Über Pädagogik*)中便提到，人只有在经过规训(Disziplinierung)、教养(Kultivierung)、文明

(Zivilisierung)和道德(Moralisierung)四个阶段后才能达到自由的启蒙教育。[①] 而对于第一步"规训",康德是这样解释的:"在教育过程中,人必须被规训。规训的意思是,尝试防止动物性对个人以及社会中的人之人性产生伤害。因此,规训就是对野性的驯服。"[②]由此看来,对大猩猩的驯化事实上也包含着双重意义:既是对动物的驯服,又重现了对人的规训。更有意思的是,文中描写的对大猩猩教育的第一步便是学习语言。而语言又是一直以来人类学差异探讨的人与动物区别的重点。关于这一点,美国生理学家戴蒙德(Jared Diamond)在他的《第三种黑猩猩》(*The Third Chimpanzee: The Evolution and Future of the Human Animal.*)中曾提出过一个有趣的设想:

> 想象一下,将一些普通人身上的衣服脱掉,拿走他们其他所有物,剥夺他们的语言能力,只能发出混沌不清的咕噜声,这样做时完全不用改变他们的生理结构。然后把他们放进动物园的笼子里,就挨着黑猩猩,而我们其他人则穿着衣服说着话去动物园参观。那些不能说话的关在笼子里的人就会让我们看到我们所有人事实上是什么:长着稀疏毛发和直

---

① Immanuel Kant: *Über Pädagogik*. Hg. und mit einer Vorrede versehen von D. Friedrich Theodor Rink. Königsberg: s.n. 1803. S. 22–23.

② 同上,S. 22.

立行走的猩猩。[1]

也就是说，区分猩猩和人类的唯一文化特征是衣服和语言。据康德的说法，德语的“驯服”(dressieren)一词来源于英语的 to dress，即“穿衣”的意思。[2] 于是，陌生先生给大猩猩穿上了衣服，并开始给它上德语课。当然，对于大猩猩所代表的“英国人”，也同样需要学习德语，以便融入小城秩序。一开始，这一秘密的教育过程给小城的居民们带来了不少烦恼：

> 陌生先生那一直都安安静静的房子里，现在常常传出可怕的喊叫声和闹腾声，引得一大堆人驻足门外，仰头张望。只见那年轻的英国人穿着红色燕尾服和绿色裤子，留着乱蓬蓬的头发，满脸惊恐的样子，以叫人难以置信的速度沿着窗户在各个屋子里跑来跑去；那老头子穿着红色睡袍，手拿一条鞭子在后面紧追不舍，常常赶不上它，但有几次那街上的群众感觉老头一定是抓住了它，因为紧接着就听见声声惨叫，伴随着一阵皮鞭抽打的噼噼啪啪声。(157)

年轻人的遭遇让城里的妇女们格外同情，于是说动

---

① Jared Diamond: *The Third Chimpanzee: The Evolution and Future of the Human Animal*. New York: HarperCollins 1992. S. 2.

② Immanuel Kant: *Über Pädagogik*. a.a.O., S. 24.

市长出面干涉。陌生先生对此的解释是：年轻人的父母委托他来教育他的侄子，而他对年轻人的暴力也因为有了“教育”这一伟大目标而得到允许：

> 第一次为他的这一方法表示抱歉，他受了年轻人父母特别的委托，来教育这个孩子；他说，他其实是个聪明伶俐的孩子，只是学习语言很困难；他迫切希望教会侄子说流利的德语，好让他以后能自由出入格林威塞尔的社交圈子，但这种语言对他来说太难了，常常叫人没有别的更好的办法，只能用鞭子狠狠抽他一顿。……
>
> 仅就这一件事，就让小城人民完全改变了看法。他们把外乡人看作一个彬彬有礼的人，渴望跟他有更进一步的交往，并且觉得不时从荒凉的房子里传出一些可怕的叫声也是很正常的。“他在给侄子上德语课呢！”格林威塞尔人这样说，也不再止步观看。(157－158)

19世纪初期的德国，教育理念和修养理念在市民阶层中得到广泛传播。同时，这种教育过程也不乏暴力和惩罚。康德便主张，在对人的教育中，强制性措施是必要的：“教育中的一个最大的问题在于，人如何将臣服于法律规定的强制性与使用他的自由的能力结合起来。因为强制性是必要的！”[①]并且当时的教育重点便是阅读，这从大量兴起的读书沙龙也能窥见一二。那么，语言教育便是其重要的任务。由此，给“侄子”上德语课，是自然而然的事。因此，市长听了陌生先生的这番解释后完全消了气，市民们也不再关注从那所房子里传出的惨叫声。

在对年轻人的德语课教授结束后，陌生先生又请了一位法国人来给年轻人上舞蹈课。他称他侄子之前“跟另外的老师学过舞蹈，不过是些怪里怪气的跳法，不登大雅之堂；但侄子偏偏自视为舞蹈大家，虽然他那舞姿跟华尔兹啊、小步舞啊（市长，这些都是在我的祖国德国流行的舞蹈！）一点边儿都沾不上，而且也不像是苏格兰舞，或是法兰西舞”（158）。因此，他希望法国人能好好调教他侄子的舞姿。舞蹈一方面是对美的修养训练，另一方面则更重要，是对身体控制的训练。其中极其重要的一点是，对动物性的控制需要一种强制性的束缚措施。正如文中对此的描写：一旦年轻人变得不守规矩，猴蹦乱跳时，陌生先生就对他一阵鞭打，“然后用一个扣子将他的领结系得更紧，他便又变得老实规矩了”（159）。这里的领结扣子俨然就如控制孙悟空的“紧箍咒”一般，用以牢牢掌控这只大猩猩的行为举止。文中对此有不止一处的描写：如在年轻人和市长下棋前，“老先生赶快紧一紧侄儿的领结，马上年轻人又变得老实规矩了”（162）。而在

① Immanuel Kant：*Über Pädagogik*. a.a.O.，S. 32.

最后，也正是由于老先生的缺席，市长又松开了年轻人的领结，才使得他原形毕露。事实上，用一个领结的松紧来控制大猩猩的身体行为，这种手法与杂技团对动物的训练有着相似之处。它们都是一种不断内化的结果，而这种内化的背后显然是与暴力相关的。然而正如前文所说，这种暴力在“教育目标”的光环之下便拥有正当的存在。有意思的是，这里作为人类文化形式的舞蹈与猴子的天性——天生好动爱跳——巧妙地结合在一起，成为年轻人进入社交体系并受到众人追捧的有利条件之一。

在舞蹈课结束后，大猩猩在语言和身体方面都得到了“教育”和“规训”，于是作为“年轻人”的形象要进入格林威塞尔小城的社会秩序之中：

> 这时，荒凉的房子的大门打开了，走出来两位衣冠楚楚的先生，一位是年老的陌生先生，另一位多半就是那个学习德语很困难，跳起舞来很疯狂的年轻先生。两人坐进马车……马车径直朝市长府上驶去。(159)

陌生先生所居住的荒凉房子的大门打开，象征着他和大猩猩所代表的“他者”开始向小城秩序渗透，并最终使之颠覆。他们的第一站仍然是象征权力中心的市长家，然后挨家挨户上门拜访。另一边，得到消息的太太们则“急急忙忙脱下身上的围裙和不太干净的便帽，穿上漂亮的礼服……同时告诫自己的儿子女儿们，在陌生先生来访时要保持风度，坐的时候腰板挺直，说话发音也要比平时更讲究”(159－160)。显然，这是要尽量表现出他们“受过教育、有教养”的样子。因此，规训，对于动物和人都同样适用。其结果就是要达到康德所说的“教养”和“文明”。当然，对于动物（和人）是否能达到这一阶段或者能否将这种规训内化，是当时的思想家争论的焦点。而文学显然也给出了自己的答案。

五、对“他者”的想象

“他者”身上的陌异性并非凭空存在，而是与自我相对的，是被自我的文化背景过滤而来。① 这种陌异性不等于一般意义上的“不同”——例如苹果和梨的不同，而是基于一种特殊的区别产生的不同，也就是说，陌异性来自一种同时的包含与排除。可以说，不存在绝对的陌异性，而是存在各种不同的陌异形式。由此，陌异性不应该如传统阐释学所认为的是一种缺陷存在，而更多是一种“活跃的不在场性”②。在一定条件下，这种“活跃的不在场性”③

---

① Alois Wierlacher（Hg.）：*Kulturthema Fremdheit. Leitbegriffe und Problemfelder kulturwissenschaftlicher Fremdheitsforschung*. a. a. O., S. 62.

② Bernhard Waldenfels：*Phänomenologie des Eigenen und des Fremden*. In：Herfried Münkler（Hg.）：*Furcht und Faszination. Facetten der Fremdheit*. Berlin：Akademie Verlag 1997. S. 65－83. Hier S. 69f.

③ 同上，S. 70.

便有可能转化为“在场”,实现对原有自我的入侵甚至颠覆。陌生先生保持了十年之久的隐秘生活,如今突然带着一位来自英国的侄子出现在小城市民们的视野中。于是,市民们将长久以来对陌异者的想象都投射到他们身上,并加以无限放大。

> 老先生是个颇有风度并有理智的人,虽说讲什么的时候都面带微笑,让人摸不准他说的是真是假,可不管是谈天气,谈这一地区,还是谈夏天待在山下地窖里的快乐时光,他的谈吐都充满智慧、心思细密,叫任何人都感到佩服。(160)

对这位外乡人的称呼从“陌生先生”(der fremde Herr)到“老先生”(der alte Herr)的转变,透露出小城市民们对他态度的转变。他的言谈举止也符合小城市民的修养观念。于是,大家“无时无处不在谈论这两位外乡人,都遗憾没早些结交这样高雅的朋友”(160)。不过,值得探究的是市民们对年轻英国人的看法,因为他的很多行为举止都不符合小城长久以来的社交礼仪风俗。但人们把他的这些特别之处统统都归结于他是“英国人”而且还“年轻”。甚至对于他的长相,大家也觉得很有趣:

> 他迷倒了所有人,征服了所有人的心。虽然他的样貌说不上漂亮,脸的下半部尤其是下巴过分突

> 出，皮肤的颜色也太深，而且还时不时地做些鬼脸，眯起他那双小眼睛，露出他的牙齿；但人们仍然觉得他的长相煞是有趣。(160)

虽说这其实描述的是一只大猩猩的外貌，可也确实有可能被当作另一个人种，正如格林威塞尔小城的市民们所认为的那样。尤其在18世纪下半叶至19世纪初期，随着各种游记对欧洲人尚未涉足地区的详尽描述，人们开始认识到人种的多样性。这一时期还出现了关于人种的单一性或多样性的讨论，例如是否存在“两个亚当”等讨论。[①] 因此，文本中关于大猩猩外表的描述被误读为另一种人，这显然也与当时的人类学、人种学等学科发展息息相关。当然，在这里，对其他民族的想象事实上起到了决定性的作用。大猩猩的任何行为都被套上了“英国人”的名头。这种想象既有正面的，也有负面的，二者构成了鲜活的异国人的形象。例如，“他极为好动，总是在房间里跑来跑去，一会儿倒在沙发上，一会儿躺在靠椅里，而且总是把两条腿伸出很远”，对此，大伙儿的说法是：“他是英国人嘛，英国人都这样。一个英国人可以躺在长沙发上睡大觉，即使十位女士没有位子坐，在旁边站

① Soemmerring 1784 in einem Brief an Camper, zit. nach Sigrid Oehler-Klein: *Einleitung*. In: Soemmerring: *Anthropologie. Über die körperliche Verschiedenheit des Negers vom Europäer (1785)*. (*Anm. 6*). Hrsg. und bearb. von Sigrid Oehler-Klein. Stuttgart u. a. 1998. S. 11 - 141. Hier S. 40. Oehler-Klein 在此文中详细讲述了这场讨论。

着;对一个英国人来说,这样的事情不足为奇。”(160)或者:“他操着不够流利的难听的德语发表见解,令市长极为恼怒,却博得大伙儿的喝彩;身为英国人,他当然什么都知道得更清楚”(162);当他打牌输了钱,那些赢钱的人会说:“他是英国人嘛,家里边富着呢”(162)。富有、见多识广、傲慢,成为小城市民对英国人的总体印象。如前文所提到的,19世纪初期的英国已经是一个强大的民族国家,人们对于这个民族自然有更多的期待和想象。可以说,这一时期存在一定程度上的“亲英”(Anglomanie)思想。但同时,人们对其他民族又有着固定印象和偏见,因此又在一定程度上有排外心理(Xenophobie)。这两种因素相互依存,交织作用于小城市民的心理。因此,当小城的年轻人都开始效仿年轻英国人的行为举止时,人们提醒说,“侄少爷是位年轻的英国人,有一些粗鲁的民族习惯情有可原。但是没用,年轻的格林威塞尔人坚持自己有与最优秀的英国人同等的权利,也可以天才般地粗鲁无礼来着”(165)。粗鲁与优秀并存,便是这种矛盾的最佳体现,同时这也是自我与他者的辩证关系所在。“他者”给我们带来的不安,既体现在它是一种威胁,因为它破坏了我们熟知的秩序,并侵入我们的意念;又体现在它是一种诱惑,因为它唤醒了我们自身的可能性。①

① 同127页注①,S. 74.

有意思的是，除了大猩猩扮演的英国人以外，在教舞蹈的法国人身上也同样体现着这种民族他者性。前文提到，19 世纪初期的德国已经开始兴起了民族主义思想。虽然这一进程发展缓慢——一方面由于帝国内诸侯分邦割据的局面，另一方面因为普鲁士和奥地利的双元对立——却由于法国这一共同的敌人而得以推进。因此，这一时期的法国可以说是贬义的他者形象。正如文中所呈现的那样：文中的法国人形象是“年老体弱的”(158)，并且为了每个课时一个银币的报酬以及陌生先生的上等葡萄酒而不断强迫自己去给年轻人上课，尽管每次他都“下定决心，不再踏入那所荒凉的房子里”(59)。最具讽刺意味的是，在与年轻的英国人练习舞蹈时，法国老头“扮演女士，他穿上了老先生给他的一条绸缎裙，披上了一块东印度纱巾。侄子上前邀请他，和他跳起了华尔兹”(159)。年轻人搂住“女士”跳个不停，“几乎要了法国老头的命”(159)。这种性别化的描写也体现了对法国人的贬低，因为他只是帮助年轻的英国人成长和进步的因素，最终使得年轻的英国人“完全变成了另一个人”(159)。在 19 世纪初期的德语文学创作中，法国人被冠以“女性—陌异”的形象被贬低，这与民族主义的兴起密不可分。[1] 同时，格林威塞尔的市民们对法国老头针对年轻的英国人

① Ute Planert: *Nation und Nationalismus in der deutschen Geschichte*. a.a.O., S. 14.

的说法并不认同，而是“有着完全不同的看法，他们认为小伙子有很多社交天赋。城里的太太小姐们，在男士极为缺乏的情况下，很高兴在即将到来的冬季有一位如此灵敏的舞伴”(159)。

不过，对“年轻的英国人”这一他者的想象也建立在他与小城市民们的社交基础之上。于是，便回到了前一论述点中的问题：对大猩猩的规训和教育是否取得了成功？从文中的描述来看，它下酒馆喝啤酒、玩九柱戏、抽烟斗、谈新闻、下棋、打牌、跳舞，似乎与常人无异，无所不能。只不过：

> 除了跳舞以外，也不能讲年轻人学过什么。拉丁文和希腊文对他而言，完全就是天方夜谭。有一次在市长家聚会，大伙儿让他表演书法，结果他连自己的名字也写不了；在地理知识方面，他更闹了天大的笑话，可以毫不在意地把一座德国的城市搬到法国，或者把一座丹麦的城市移到波兰去。他没有读过什么书，也没学过什么知识……(162-163)

他念的诗歌要么糟透了，要么是抄袭的。由此可见，豪夫所描写的大猩猩更多是对人类表面的模仿，这也是文学中一直以来的重要主题。不过，关于灵长类动物的模仿能力一说，更多源于文化学而非真实的生物性。德国灵长目动物研究学者保尔(Andreas Paul)通过观察认为，猴子的学习更多是通过不断尝试和犯错而达到，而非通过模仿。[①] 但在人类的语言中，我们仍然将这一特性赋予了猴子，例如德语中的 nachäffen，并且在很多西方语言如法语、英语、意大利语和葡萄牙语等中都有类似的表达。不过，在这篇作品中，更值得我们深思的不是大猩猩的模仿能力，而是大猩猩成了人的模仿对象。因为“年轻的英国人已被公认为有教养和理智的典范”(161)：

> 本来格林威塞尔的年轻人都厌恶粗俗下流的行为。可现在他们什么庸俗小调都唱，用大大的烟斗抽烟，混迹于低俗的小酒馆；尽管他们视力很好，却戴起了大眼镜，把它架在鼻子上，感觉自己功成名就；因为这样看起来就像那个大名鼎鼎的侄子了。(164 - 165)

一方面，这种人对大猩猩的模仿暗示了人向大猩猩的转变，或两者之间的紧密关联；另一方面，大猩猩像人一样说话、使用工具(如文中提到的戴眼镜、抽烟、使用望远镜)甚至是逗狗等行为又再一次模糊了它与人类的界限。尤其值得注意的是，逗狗这一行为俨然使得大猩猩与人处于同一体系之中，似乎是以一种“经过了文明化”

---

① Andreas Paul: *Von Affen und Menschen. Verhaltensbiologie der Primaten*. Darmstadt: Wissenschaftliche Buchgesellschaft 1998. S. 230f.

的形象与姿态来对待其他的动物。这时的大猩猩与狗之间的互动区别于动物与动物之间交流的自然模式，而呈现出一种独立的主体与规训的客体之间的互动模式。大猩猩与人的相似性在这里以一种极端化的方式加以演绎。

“界限式形象”的大猩猩作为“他者”让人类反观自身，从而尝试加深自我认识和自我理解。在这个看似荒诞的故事情节中，大猩猩作为“英国人”成为格林威塞尔小城市民们的“他者”，其中折射出 19 世纪初期德国逐渐兴起的民族主义思想。他者与自我始终处于一种相互交织并相互影响的辩证关系中。虽然在故事的结尾，代表小城秩序和权力中心的市长和牧师以“巫术”为理由结束了大猩猩带来的闹剧，但我们仍然看到“他者”对于小城市民以及小城秩序的颠覆性和建构性。一方面，大猩猩作为“界限式形象”给人类学带来极度的不安，对它的规训既展现了其可塑性，又是对人类自我规训的映射。在这里，大猩猩与人类的极度相似性以文学的方式被加工和演绎；另一方面，大猩猩作为“英国人”激发了小城市民对陌异他者的无限想象，在民族主义思潮的背景下，这种“活跃的不在场性”——正如前文所提到的陌异他者的特征——转变为“活跃的在场性”，不断改变并最终颠覆了小城的秩序。当然，对民族“他者”的想象和偏见在其中发挥了极大的影响，这也是豪夫文本所关注的一个问题，就如本章一开始所提到的这种框架结构下的两个不同民族和两种不同文化直接的对照和对话所体现的那样。

《作为人的猴子》从标题和内容两方面都表达了一种模糊化的人类学观点，由生物学知识带来的对人与动物之间界限和关系的思考开始动摇了传统的以人为中心的人类学思想。同时，小说以文学的手法演绎了“大猩猩作为人”期间所受到的教育和规训，带着反讽的意味反思了人自认为的文明化进程。人与动物在何种意义上成为一种二元对立，事实上已经成为一个问题。

第四章　霍夫曼《雄猫穆尔》中人与动物身份的倒置

霍夫曼的长篇小说《雄猫穆尔》分为一、二两卷。第一卷完成于 1819 年，同年冬天出版。第二卷于 1821 年夏秋完成，同年年底出版。这也是作者的最后一部作品，霍夫曼于 1822 年去世。据说这部小说本计划出版第三卷，但因作者去世而未完成，因此也成为名副其实的残篇。但也有学者认为，前两卷已经体现出结构上的完整性，因此这部小说是有意为之的残篇。本书并不探讨学界的这一争论，而只关注由第一、二卷组成的小说本身。小说主体是一只名叫穆尔的雄猫撰写的自传，讲述自己如何从一只少年野小子猫成长为一只能干的雄猫的故事。在它的叙述中不断穿插着乐队指挥克莱斯勒的传记片段。之所以是片段，是因为穆尔在撰写过程中将传记撕毁，有的用作垫纸，有的用作吸墨。两部分情节相对独立，但又通过故事中的同一人物亚伯拉罕师傅——他既是穆尔的收养者，也是克莱斯勒的朋友——串联起来。

从小说的标题便能看出，雄猫穆尔是主角之一。用动物作为小说的主角，在霍夫曼的作品中十分常见，例如《核桃夹子与鼠王》（*Nußknacker und Mausekönig*）、《一则关于一位有教养的年轻人的消息》（*Nachricht von einem gebildeten jungen Mann*）、《一则关于贝尔甘察狗的最新命运的消息》（*Nachricht von den neuesten Schicksalen des Hundes Berganza*）、《跳蚤师傅》（*Meister Floh*）等等。与同时代作家的作品相比，霍夫曼作品中出现的动物形象要多得多。人与动物的交错与碰撞，两者位置关系的互换，使得他的作品充满了荒诞色彩。而这种写作方式源于他对铜版画家卡洛（Jacques Callot）的仰慕。他惊叹于卡洛“运用动物来表达讽刺”这一手法。因此，在关于霍夫曼作品的研究中，有专门针对动物形象的研究，例如贝尔姿莉（Christa-Maria Beardsley）的专著《浪漫主义语境中霍夫曼作品中的动物形象》（*E. T. A. Hoffmanns Tierfiguren im Kontext der Romantik*）。作者将这些动物形象的特点归纳为“浪漫式真实”和“通过将人性特点与动物相碰撞来讥讽人类”[1]，并且认为这些动物形象的主要作用有两个：诗意化的媒介和社会批判。这部专著中也涉及到对《雄猫穆尔》的分析。不过，总的来说，单独针对《雄猫穆尔》这一长篇小说进行的研究还不算丰富。在这部小

① Christa-Maria Beardsley：*E. T. A. Hoffmanns Tierfiguren im Kontext der Romantik*. a.a.O.，S. 9.

说刚刚发表的19世纪初期，它并未像霍夫曼自己预想的那样，引起极大反响。在可查证的资料中，当时的德国学术界一共有五篇相关的书评，其中三篇针对第一卷，另两篇针对第二卷，并且褒贬几乎各占一半。对其进行称赞的多指小说蕴含的"幽默"，而对其进行批判的则认为"穆尔部分"完全是多余的，干涉了克莱斯勒部分。在当时的评论中，尚未发现有人认识到这部小说在文学形式上的大胆尝试。[1] 相比之下，小说在欧洲其他国家如法国、俄国等的反响比在德国更大。1830年已有法语译本，而俄语译本则在1840年问世。[2] 在德国，直至20世纪之交，随着新浪漫主义的兴起，学界才再次关注到这部小说。但这一时期的研究多把这部小说看作是以克莱斯勒为中心的艺术家小说。在新浪漫主义这里，深刻而严肃的艺术家气质被市侩的雄猫穆尔给破坏了。因此，他们主张去掉穆尔部分。其中最著名的要数米勒(Hans von Müller)，他在1903年编辑出版了《克莱斯勒书》(*Das Kreislerbuch*)，其中不仅去掉了穆尔部分，还将克莱斯勒的部分以编年体顺序重新编排。而被他称之为"气氛杀手的附属部分"[3]的《雄猫穆尔的生活观》(*Lebensansichten*

① Detlef Kremer (Hg.): *E. T. A. Hoffmann. Leben-Werk-Wirkung*. 2. erweiterte Auflage. Berlin/New York: de Gruyter 2010. S. 341.

② Norman W. Ingham: *E. T. A. Hoffmanns Reception in Russia*. Würzburg: Jal-Verlag 1974.

③ Hans von Müller: *Gesammelte Aufsätze über E. T. A. Hoffmann*. Hg. von Friedrich Schnapp. Hildesheim: Gerstenberg 1974. S. 736.

des Katers Murr)则直至1916年才出版。持同样观点的还有施普伦勒(Oswald Sprengler)和本茨(Richard Benz)。前者将克莱斯勒形象与歌德笔下的浮士德形象相提并论[①],后者则称克莱斯勒是霍夫曼作品中的“最高形象”[②]和“所有悲剧的集合”[③]。

对这部小说的新近研究始于第二次世界大战后的15～20年间。辛格(Herbert Singer)首先提出了对过去研究中忽视穆尔部分的质疑。他认为整部小说是“内部完整的一个残篇”[④],两个部分是经过精心安排相互串联在一起的,应予以同样重视。由此,研究者们开始将穆尔部分也纳入研究视野,但其中的多数关注到的是这部小说结构的特殊性。1968年,罗森(Robert S. Rosen)在他的博士论文中提出,在这之前还没有一部专门针对《雄猫穆尔》小说的专著研究。因此,他在论文中对这部小说进行了深入的分析和探讨,不过他的重点是在小说的结构和叙述形式方面。[⑤] 其他一些研究关注到了小说中的大

---

① Oswald Sprengler: *Der Untergang des Abendlandes*. Wien/Leipzig: Braumüller 1918. S. 386.

② Richard Benz: *Die Deutsche Romantik. Geschichte einer geistigen Bewegung*. Leipzig: Reclam 1937. S. 353.

③ 同上,S. 346.

④ Herbert Singer: *Hoffmann. Kater Murr*. In: Benno von Wiese (Hg.): *Der deutsche Roman*. Bd1. Düsseldorf: Bagel 1963. S. 301 - 328. S. 938 - 990. Hier S. 327.

⑤ Robert S. Rosen: *Kater Murr: Eine Untersuchung über Aufbauformen und Erzählsituationen in E. T. A. Hoffmanns Roman*. Dissertation 1968. New York University.

量引文，分析了小说的互文性特点，例如舍尔(Steven Paul Scher)[①]关于穆尔小说与斯特恩(Laurence Sterne)小说《绅士特里斯舛·项狄的生平与见解》(*The life and Opinions of Tristram Shandy, Gentleman*)的相似性研究，或是劳斯曼(Sabine Laußmann)[②]关于霍夫曼作品中的互文性研究。另外还有探讨小说的“集锦技术”(Arabeskentechnik)的，例如罗特蒙德(Erwin Rotermund)的《霍夫曼作品中音乐性和诗性的“集锦”》[③]以及舍夫(Bettina Schäfer)的《无头—无尾。霍夫曼长篇小说〈雄猫穆尔的生活观〉中的集锦式表现手法》(*Ohne Anfang-ohne Ende. Arabeske Darstellungsformen in E. T. A. Hoffmanns Roman Lebens-Ansichten des Katers Murr*)[④]。还有一种研究方向是探讨穆尔小说与传统成长小说的关系。雅各布斯(Jürgen Jakobs)认为，克莱斯勒的故事让人们看到，“平衡和令人满意的教育过程是不可能的”[⑤]。

---

① Steven Paul Scher: *Kater Murr und Tristram Shandy. Erzähltechnische Affinitäten bei Hoffmann und Sterne*. In: *Zeitschrift für deutsche Philologie 95* (1976) [Sonderheft E. T. A. Hoffmann], S. 24–42.

② Sabine Laußmann: *Das Gespräch der Zeichen. Studien zur Intertextualität im Werk E. T. A. Hoffmanns*. München: tuduv-Verl.-Ges. 1992.

③ Erwin Rotermund: *Musikalische und dichterische "Arabeske" bei E. T. A. Hoffmann*. In: Poetica Vol.2 (1968). S. 48–69.

④ Bettina Schäfer: *Ohne Anfang-ohne Ende. Arabeske Darstellungsformen in E. T. A. Hoffmanns Roman Lebens-Ansichten des Katers Murr*. Bielefeld: Aisthesis-Verlag 2001.

⑤ Jürgen Jakobs: *Wilhelm Meister und seine Brüder. Untersuchungen zum deutschen Bildungsroman*. München: Fink 1972. S. 150.

而内林（Wolfgang Nehring）[①]、布兰克（Hans Jürgen Blanke）[②]等人则从社会历史学和社会心理学角度分析了小说中所展示的主体危机问题。法国哲学家科夫曼(Sarah Kofman)[③]从哲学的角度分析了“书写的猫”这一形象。国内新近的研究有丁君君的《成长的怪诞——从反成长小说的角度看〈雄猫穆尔〉》[④]等。从以上研究来看，新近研究虽然关注了穆尔部分，但更多将重点放在了结构性上，内容分析部分仍以克莱斯勒为主。唯一一个真正从动物“猫”的角度去探讨的研究则将重点放在了“书写”和“文字”上。那么，到底雄猫穆尔在这部小说中占据着怎样的位置？它真的是与艺术家克莱斯勒相对的“市侩”形象吗？它的成长过程又揭示了些什么？作为动物，它对人的主体建构和身份认同又起着怎样的作用？本书接下来将分析和探讨这些问题。

一、穆尔的动物形象

1818 年夏天，霍夫曼买到一只雄猫，取名为“穆尔”。

---

① Wolfgang Nehring: *Lebensansichten des Katers Murr*. In: Brigitte Feldges, Ulrich Stadler: *E. T. A. Hoffmann. Epoche-Werk-Wirkung*. München: Beck 1986. S. 216 – 240.

② Hans Jürgen Blanke: *Ich und Welt im Roman des 19. Jahrhunderts*. Frankfurt am Main: Lang 1988.

③ Sarah Kofman: Schreiben wie eine Katze. a.a.O. S. 11f.

④ 丁君君：《成长的怪诞——从反成长小说的角度看〈雄猫穆尔〉》，载《外国文学》，2011(4)，98—105 页。

1821年11月，雄猫去世。霍夫曼为其撰写了讣告，内容如下：

> 今年11月29日至30日的夜里，我心爱的忠诚的雄猫穆尔在它充满希望的生活之第四个年头，为了追求更好的存在，与世长辞。认识它的人，见识过它如何走上美德与正义之路的人，会懂得我的悲痛，并为它默哀。①

显然，这只雄猫便是小说《雄猫穆尔》中穆尔形象的灵感来源，并且从讣告的用词中我们也能看出，霍夫曼对他的这只家猫感情极其深厚。正如小说结尾部分所说的那样："……因为我喜欢过你，胜过喜欢某些人。"②而小说中的另一主角乐队指挥克莱斯勒则被很多人认为是霍夫曼的原型，这不仅仅是因为他曾经在班贝格小城做过乐队指挥，也因为小说中某一些关于克莱斯勒家庭成员和生活经历的描述与霍夫曼相似。他的一生也一直走在追

---

① Hoffmann an Theodor Gottlieb von Hippel: *Todesanzeige für den Kater Murr*. Staatsbibliothek Bamberg EvS. GH 4/2. Entstehung 1821. 12.01. Berlin.

② E. T. A. Hoffmann: *Lebensansichten des Katers Murr nebst fragmentarischer Biographie des Kapellmeisters Johannes Kreisler in zufälligen Makulaturblättern*. Frankfurt am Main und Leipzig: Insel Verlag Taschenbuch 2001. S. 475. 以下分析部分再次引用《雄猫穆尔》原文时则只用括号注明原文页码。另：原文的中文翻译参考了陈恕林的中文译本。参见霍夫曼：《雄猫穆尔的生活观暨乐队指挥克赖斯勒的传记片段》，陈恕林译，南昌，江西教育出版社，2016。

求艺术的道路上。但我们仍要清楚地认识到，文学作品中的人物形象不能等同于现实人物。尤其是霍夫曼本身在生活中就特别爱用“文学面具”[1]来表达——例如他在跟朋友的书信和自己的日记中会用莎士比亚笔下的愚人或是塞万提斯笔下的情人角色来进行表达。不过，虽然霍夫曼的家猫穆尔不能等同于小说中的雄猫穆尔，但它却提供了一个鲜活生命的模板。作为家猫的动物与人类的关系也更加紧密，因为它们与主人相处的时间更长，甚至参与到主人生活的方方面面，成为其生活的一部分。而这种互动关系无论是在科学尚不发达的过去，还是在科技日新月异的今天，都给人类带来最直观的感受与思考。16 世纪的法国哲学家蒙田在他的《随笔集》中常常提到他与猫之间互动的点点滴滴，由此他也提出了那个质疑人类学差异的著名的“与猫玩耍”的问题。到了 20 世纪末期，另一位法国哲学家德里达在他与猫的目光相遇中看到了对自身主体性的质疑。人类历史的长河中从不缺少动物的身影，在人类对自我认知的探求中，作为与“人性”相对立的“动物性”的承载者，动物自然成为人类的“他者”。这种对立性和他者性在霍夫曼的这部小说中尤其明显，因为小说的主人公便是一只动物和一个人。而其中所演绎的人性与动物性的交织或倒置，更加体现出人的复杂性，并关涉到 19 世纪

---

① Hartmut Steinecke：*Hoffmanns Leben*. In：Detlef Kremer（Hg.）：*E. T. A. Hoffmann. Leben-Werk-Wirkung*. 2. erweiterte Auflage. a.a.O.，S. 16.

初期历史语境中的主体危机和身份认同的幻灭问题。

《雄猫穆尔》中的动物形象与本书之前分析的两部作品《中篇》和《作为人的猴子》中的动物形象又有所不同，它是同时具有动物泛性（此处指以“动物”一词来表述）和主体个性（此处指用“穆尔”来称呼）的动物形象。它还能追溯自己辉煌的家族谱系：它的祖先是鼎鼎大名的《穿靴子的猫》（*Le Maître Chat ou le Chat Botté*）中那只能干的雄猫。这种为自己正名的方式使得穆尔带有文学动物的色彩。但恰恰是这种真实与虚构、现实与想象的结合，诱发了人对动物的认知和对自身认知的深刻反思。因为小说中的穆尔不像霍夫曼另一篇小说《一则关于一位有教养的年轻人的消息》中的猴子米洛（Milo）一样，学习语言、艺术等是为了成为一个有教养的“人”；它也不像它的祖先穿靴子的猫一样，要将自己的爪子藏进靴子中以“自信的人”的形象出现。穆尔自始至终都是以“真正的”雄猫的形象展示在读者面前。它的自传讲述的是如何“造就伟大的雄猫”（13），是为了作为青年雄猫的榜样而写的。它所描绘的成长经历也是发生在猫的“真实世界”之中的。不过，它会写作，然而这并不成为它是虚构而不真实的理由。因为猫不能写字是从我们人类的视角去观察的，霍夫曼在对小说的分析中谈到“猫与文字”时便提出了这样的质问：“如果猫写的是象形文字呢？”[1]霍夫曼正

① Sarah Kofman：*Schreiben wie eine Katze*. a.a.O.，S. 12.

是从猫的角度出发，塑造了一个与人相对的动物形象。在这里，猫和人互为对方的“他者”。值得注意的是，小说中的雄猫始终没有跨越人类的语言这一界限，书中没有一处它与人的直接对话。这一方面是为了展示猫世界的“真实性”，另一方面也为文章讨论人对待动物的方式埋下伏笔。因此，雄猫穆尔与人类打交道的媒介一直是它的爪子。爪子既是它写作的“手”，也是它维持生存的武器。也就是说，爪子既反映了它的天性，也承载了它的思想。这是集身体性与精神性为一体的媒介，同时也是以猫的立场来与人进行对话的体现。用猫的爪子与人的手进行类比，也正显示出文中人与动物的对照，因为“手”正是人类学意义上从动物到人转变的重要媒介。即使在被美学教授洛塔里奥怀疑偷偷学习和写作，从而引发恐惧和担忧时，穆尔仍是以一只猫的形象出现。更意味深长的地方在于：美学教授与众人为了保护自身利益不受威胁——不被雄猫穆尔夺走教授职位以及出版稿酬——想要剪掉它的爪子！而穆尔对此的反应则是：“……给头一个靠近我的人留下永不消失的伤痕。”(173)文中多次提到了爪子的作用，一是保护自己：例如“假如谁斗胆质疑这部优秀作品的真正价值的话，他应该考虑到，他所打交道的是一只既有头脑、才智，又有利爪的雄猫”(13)；或是在小男孩掐它尾巴捉弄它时把“爪子深深地插进他的手里，插进他的脸里，使他痛得尖声喊叫”(124)；又或是“让胆敢用手指拉扯桂冠的人感受一下我利爪的厉害”(204)。

二是用于阅读和写作:“我用爪子麻利地打开一部摆在我面前的厚厚的书”(39),它还“根据个体的特殊身体结构”创造出了适合它右爪的书写方法,并克服困难“将笔浸入墨水瓶”(42);并且它还谈到,“是真的,有时候我自己有一种独特的感觉(我甚至想称之为精神上的肉体冲动)直通至爪子,凡是我所思考的,爪子都得写下来”(202)。同时,雄猫还批判了人类对它用爪子进行写作的质疑:“然而人们把稿子退给我,只因为他们不相信我的爪子能写出风趣的东西来。”(167)显然,爪子被看作是原始性的和动物性的,而人的手则是进化性的和创造性的。不过,从穆尔自己的描述中,我们可以看到穆尔是一只集身体与精神于一体的雄猫,同时也是一只自由的猫。因为它并非是真正意义上的宠物,它来到亚伯拉罕师傅家纯属意外:是亚伯拉罕师傅救了它。师傅认为:“尽管它并非孩子,可也是只可怜巴巴的动物。它向你哀号求救,你必须搭救它。”(32)而在师傅家的雄猫享有“无限的自由,去进行自我教育”(36)。猫的自由与独立性尤其体现在与狗的对比上。对于这一点,亚伯拉罕师傅说道:“……人人都喜欢把卷毛狗留在身边,甚至还指望它去做一些令人开心的服务工作,诸如叼来猎物、手套、烟袋和烟斗等等。但我却救了一只雄猫,一只许多人见了都毛骨悚然的动物。人们大多认为它阴险、不温顺、不友好、对待友谊不真诚,从不放弃对人的完全敌对的态度……”(32)同时,亚伯拉罕师傅在将它交给克莱斯勒时对它的评价是:“雄猫穆尔是这世上最滑稽的动物，是一个真正的丑角，但又很听话，有礼节，不像狗那样有时对人纠缠不休，总不知足，用笨拙的爱抚动作来烦你。”(34)

事实上，直到今天，猫都不像狗那样，成为完全驯化的动物。最初的猫被引入人类生活空间成为家猫，是为了捕捉老鼠，而它的这一功能也延续到了今天。在作为与狗同样普遍的宠物这一点上，猫成为了狗的对立面，因为它不像狗一样努力趋近人类，听从人类的指令。布封在描写猫这一物种时这样写道：

> 猫是一种不忠诚的家庭住客，人们出于必要才收留它，是为了对付家中另一种人们无法赶走的更令人讨厌的敌人：因为我们不是那种对任何动物都有好感的人，我们养猫不是为了与它嬉戏；……即使这些动物在年幼时看起来很可爱，但它们天生的恶毒、狡猾和乖张的性格随着年龄的增长越发凸显，教育也无法掩盖它们。……它们只是表面上看起来和你亲密；这从它们扭曲的走动，从它们捉摸不透的目光中能看出：它们从不直视所爱的人；无论是出于不信任，还是出于虚伪，它们总是间接地寻求爱抚。只有它们自己喜欢被爱抚时，才会接受。忠诚的动物的情感只跟随它的主人，与这种动物不同，猫似乎只为自己而感知，不会无条件地去爱，它只会接受那些它可以滥用的关系；基于它的这一天性，它不

是与人，而是与狗形成了对照，因为狗身上的一切都是正直的。[①]

这种猫与狗的对比在小说《雄猫穆尔》中也非常明显。只不过，这种对比却不像布封描述的那样从人的角度去看，而是反过来，从动物的角度去看的。这种视角的转变与关系的倒置也是这部小说的特点，这一点在之后的论述中我们还将谈到。小说中的雄猫穆尔和卷毛狗蓬托由于它们的主人——亚伯拉罕师傅和美学教授——的关系而相遇并成为朋友。两者关于处世之道，尤其是与人的相处方式展开了许多讨论，其中至少有两处是值得关注的：当穆尔第一次离开师傅的书房，来到大街上时，它处处遭遇挫折：一个小男孩掐它的尾巴捉弄它，当它想要在出售面包和香肠的姑娘那里获得一根香肠时，那个看起来友好的年轻姑娘却用一根结实的木棍朝它砸去，它只好慌乱逃脱。而这时候，卷毛狗蓬托出现了，它在同一个姑娘那里讨到了一根又大又粗的香肠。此事令穆尔感到非常惊讶。蓬托的方法便是给姑娘表演节目："到了桌子前，蓬托用两条后腿高高地直立起来，围着姑娘跳起了优雅的舞蹈，姑娘见了十分欢喜。她把它唤到身边，卷毛狗将头放在她的怀里，又再次跳起来，欢乐地吠叫，围着桌子跳着，稍微地嗅一嗅，并友好地望着姑娘的眼睛。"

---

① Zitiert nach Sarah Kofman：*Schreiben wie eine Katze*. a.a.O.，S. 20.

(137-138)在得到香肠之后，蓬托还“为了表示感谢，跳了一个简短的芭蕾舞”(138)。对此，雄猫穆尔对卷毛狗蓬托说道：

> 亲爱的蓬托，你远比我懂得处世之道。我永远也无法打动那个野蛮女人的心，对你来说却易如反掌。但是对不起——你对那个卖香肠女子的所作所为，有些地方与我的天性格格不入。某种卑躬屈膝的逢迎是对自尊心和高贵天性的违背——不能这样！善良的卷毛狗，像你那样，表现出友好，那样气喘吁吁地去表演进攻性技巧，那样低三下四地向人乞讨，我是决计做不到的。即使在我饿得要命的时候，或者见到某种特别的食物令我垂涎欲滴的时候，我也只是跳到师傅背后的椅子上，通过一种温和的咕噜声来暗示我的愿望。而这么做，也更多是提醒师傅他照顾我的义务，而非请求他发善心。(138-139)

雄猫穆尔与卷毛狗蓬托完全不同的与人相处的方式也导致了它们不同的生活轨迹。穆尔的不迎合不献媚使得它在广阔的世界中处处碰壁，无处安身，最后只能回到亚伯拉罕师傅的书房里。而蓬托却因为帮助男爵传递纸条而成为他的家狗。在小说的最后一章，穆尔再次碰到蓬托的时候，后者已经戴上了一条“做工精细的银项链”，上面刻着：“阿尔齐比亚德斯·冯·维普男爵。马沙尔街

46号”(400)。蓬托向穆尔讲述了它如何为男爵和他的情人幽会传递信息和放风,并由此成为男爵的爱犬。在这个过程中它还得到了众人的一致赞赏,认为它是“一条非常容易训练的狗”(414)。这种对动物的规训恰恰使得动物被客体化,然而雄猫穆尔对于类似的训练——或者它称之为的“游戏”——却常常不予配合,例如师傅和它玩的羽毛游戏。因此,穆尔听到蓬托这番话之后的反应是:

> 我觉得我似乎无法赞同蓬托的举止。我想到死去的穆齐乌斯,想到我对任何一个项圈的深恶痛绝。(415)我质问年轻的蓬托,它为阿尔齐比亚德斯·冯·维普男爵效劳所获得的好处真的有那么大、那么重要,以至于可以抵消那与奴役相联系的难受和压抑的心情吗?并且我明白无误地告诉它,恰恰是这种奴役,对于一只胸怀不可磨灭的自由意志的雄猫来说,总是令人反感的。(416)

由此可见,从人类的角度来看,狗是容易训练的,听话的,讨人喜欢的,能为人效劳的;而猫则是狡猾的,阴险的,令人讨厌的。它的爪子总是一种伤害人类的潜在危险。但从动物的角度来看,狗被贴上了一种奴性的标签,迎合人的需求,并为之效劳,正如中文里的“狗腿子”一说;猫则是自由的个体,与人总保持一种距离。关于这一点尼采也曾经写道："狗以服从来获得主人的喜爱。猫则自我享受，并有一种距离感——它们从不给出答复。"①

因此，雄猫穆尔在小说中的形象绝非过去许多研究中所提到的那样，是与克莱斯勒相对的"市侩"形象。相反，它是一个独立、自由的个体，与克莱斯勒在很多方面都有共同点。甚至可以说，穆尔在一定程度上是克莱斯勒的双影人(Doppelgänger)。双影人原本指两个长相酷似的人，在文学作品中，双影人题材尤其常出现在德国浪漫派的创作中，比如让·保罗(Jean Paul)的《斯宾克斯》(*Siebenkäs*)。同时，双影人母题也常常与市民社会中个人身份的遗失和主体危机联系在一起。同一时期，霍夫曼的多部作品中也涉及这一母题，像是《魔鬼的长生汤》(*Die Elixiere des Teufels*)或是《沙人》(*Der Sandmann*)等。但在《雄猫穆尔》中，这里所说的双影人并非长相上的相似，而是指穆尔与克莱斯勒作为独立的两个个体在各自传记中的相似度。如果说，作为动物形象的穆尔与作为人的形象的克莱斯勒可以在这一意义上成为双影人的话，那么小说中所演绎出来的人与动物的交织与互换就更加突出了。为了更好地呈现这一点，小说在情节安排上也作了精心的设计。

---

① Friedrich Nietzsche: *Gesamtausgabe*. Hg. von Giorgio Colli/Mazzino Montinari. Berlin-New York: de Gruyter 1967 – 77. Nachgelassene Fragmente. Bd. 7, 1, S. 12.

二、穆尔与克莱斯勒

穆尔的自传和克莱斯勒的传记看似两个独立的故事，却又通过一个共同的人物——亚伯拉罕师傅串联起来。这便是两者之间的第一个共同点。亚伯拉罕既是穆尔的收养者，又是克莱斯勒的朋友。更重要的是，两者都称他为自己的“教育者”。穆尔在描述它见到亚伯拉罕师傅的第一眼时说道：“在我的种群中，常常见到这个、那个穿着一件带有黑白斑点的皮大衣，但却很难找到一个满头银发、眉毛乌黑的人。而我的教育者便是这样的人。”(19)而克莱斯勒在提到亚伯拉罕师傅时也说：“亚伯拉罕师傅，是我父亲的挚友，我的老师，也可以说是我的教育者！”(86)由此看到，穆尔与克莱斯勒是处于同等位置上的两者。

如果再仔细分析两者的生活经历，便会发现更多的共同点。首先，两者从小都失去了父母：穆尔是在险些溺死时被亚伯拉罕师傅救下，之后一直寄养在这里，虽然后来碰到过自称是它母亲的米娜(Mina)，但也只有一面之缘；而克莱斯勒是母亲去世，父亲虽然在世，却将他托付给了他母亲的兄弟抚养，也就是他的舅父。因此，他称自己“是个没有父母的孤儿”(111)。其次，他们都经历了“野小子岁月”(Lümmeljahre)这一成长阶段：穆尔讲到自己在某一段时间“感觉到一种无法控制的强烈欲望，就是凡是让师傅和朋友们感到不舒服的事我都去干，借以使他们感到厌烦”(120)，“他们称这个时期为野小子岁月……对于我们来说，只能称其为野小子周(Lümmelwochen)”(121)；而克莱斯勒在回忆他的童年时光时也说：“……难道当时的我不正拥有最合情合理的撒野的权利吗，因为我当时正处在野小子岁月。”(107)就连在这个阶段发生的一个细节上，两者都有共同之处，那就是都挨过舅父的耳光。当然，原因并不一样。穆尔当时是想从那只雄猫嘴边叼走它正要吃的一块美食，“它便毫不犹豫地左右开弓，连连扇了我好几个耳光，打得我晕头转向，双耳冒血。要是我没弄错的话，这位尊贵的先生就是我的舅父，因为从它的面容上显露出米娜的特征，并且家族成员胡子的相似性上是不可否认的”(121)。克莱斯勒是因为躺在床上构思歌剧睡着后未发现舅父的卧室起火，被舅父扇了“一记有力的耳光”(114)。再次，在野小子岁月之后，两者都经历了爱情。同样是一个细节暗示了两者拥有相通之处：他们与心上人之间的互动都是以二重唱的方式进行的。“咪斯咪斯开始唱时有些胆怯，但她很快就鼓舞了我那强劲有力的假嗓子”(228)；“尤莉娅羞羞答答地，带着几乎没有把握的嗓音开始歌唱，而克莱斯勒开始时也好不了多少。不过他们俩的声音很快就在声乐波涛上提高……”(157)。最后，两者都经历了一场危险：穆尔向它的情敌——一只“胸前别着烤肉作为荣誉勋章”“身穿一套华丽的黑、灰、黄三色的异域制服”(231)的雄猫——发起了攻击，并因此受伤；而克莱斯勒则是与王子发生冲突之后，王子派他的副官去追杀他，他也因此受伤："……克莱斯勒的帽子血迹斑斑……"(242)。有意思的是，连两者的情敌都有相似之处：那只"别着烤肉作为荣誉勋章"的雄猫"曾在前线服役，现在归来"(231)；而王子"曾在法国任军职，作战异常英勇"(213)，他出现在宫廷中的形象是"身着华丽的那不勒斯卫队制服，胸前挂着星章和十字勋章"(185)。此外，就连小说虚拟的"编者"也指出了两者的内在联系：在穆尔某一次发表了对社会和文化的思考之后，编者以插入附注的方式说道："穆尔……你用来自我吹嘘的这些观察和思考不正是出自乐队指挥约翰内斯・克莱斯勒之嘴吗？……"(447)。

不光是这些细节透露出穆尔与克莱斯勒的相似性，两者的境遇也如出一辙。穆尔误打误撞跳到马车上离开了亚伯拉罕师傅家后，在外面世界遭遇了一番失败和挫折，它不懂得也不愿意接受与人相处的实用经验，最后在卷毛狗的帮助下才不致被饿死，回到了师傅家中。后来，它尝试融入猫青年社团，却被穆齐乌斯怂恿与花斑猫决斗，接着猫社团遭到一条大猛犬的打击而消失。卷毛狗认为自己的地位比雄猫穆尔要高，并且他接触的都是上流社会的高级文化。它带着穆尔去参加了它们群体的社交沙龙。在这里，穆尔爱上了一只名叫米诺娜(Minona)的灵缇，但却发现"挤进了不属于自己的社交圈子"(453)。当它去米诺娜楼下看她时，"发现所有的门都关上了"(454)，"头上那扇窗子打开了，满满一桶冰冷的水浇在我身上”(454)。最后，穆尔回到师傅家，重新燃起了对艺术和科学的热爱，暗示着它在“入世”方面的彻底失败。再对比克莱斯勒，他先在大公爵的宫廷中任职，却发现自己在“大公爵宫廷中的存在是多么可怜和卑微”(85)，因为那些所谓创作艺术的人是那么平庸和乏味，而大公爵给他安排的任务也都是些“既无意义又无趣的事”(85)。他的艺术无人欣赏，他的才能无处施展。于是他逃到了亚伯拉罕师傅所在的王宫的“微型宫廷”中。在这里，他与尤莉娅的相遇激发了他的创作激情。然而，随着黑克托王子的到来，他不得不离开。同时，女参事本聪也认为他不适合待在这里。最后，他看似在修道院中找到了宁静，但事实上还是要被迫离开。一方面因为他没有要成为修士的想法，另一方面修道院院长也劝他离开，认为这里“不能像过去那样为您提供舒适安静的居住地了”(460)。也就是说，克莱斯勒的“入世”计划同样也是失败的。他总是处于逃亡之中，没有任何一处是他的栖息之地。而穆尔在最后也被交到他手中，预示着二者同样的命运。从这个意义上来讲，穆尔是克莱斯勒的双影人。可是，如果两者只是有共同点，那么这一独特的双重传记结构也就失去了它的意义。两者必定是有不同的地方，才有对照的意义，才可能互为“他者”，才使人与动物的碰撞和交织成为这部小说的点睛之笔。因此，我们需要再强调的是，即使穆尔在一定程度上是克莱斯勒的双影人，但它始终以动物的形象出现，而不是人的形象。作为人性的对立面，动物性的存在成为反观人的主体和身份认同的重要因素，而在两者的交互中，人的主体性和身份认同都陷入一种危机之中，最终归于幻灭。

三、主体性和身份认同的幻灭

从小说的标题《雄猫穆尔的生活观暨乐队指挥克莱斯勒的传记片段》便能看出其中人与动物位置的互换：雄猫穆尔是占主要地位的，乐队指挥克莱斯勒是附带的。整个小说的主体也是按照雄猫穆尔的生活阶段来布局和命名的，克莱斯勒的传记只是穿插其中。雄猫穆尔的自传是完整的，而克莱斯勒的传记是残缺的。穆尔将克莱斯勒的传记撕毁，用于撰写它的自传，并且最终出版。而克莱斯勒的传记也是由于穆尔自传的问世才得以进入公众的视野，此前这本传记“极有可能根本没有进入图书市场，因为根本没人对此书有丝毫的了解”(10)。此处再次体现了穆尔的重要性。动物在与人的对比中处处占得先机，人的主体性已然陷入一种危机。不过，这种危机也来自于自身。正如撰写克莱斯勒传记的作者所说，“他就像骑着一匹野驹子，不得不东奔西跑，穿越一切崎岖坎坷、艰难险阻，总是力求来到已开辟的平坦道路上，却永远也到达不了”，想按“编年史顺序来书写的美好想法是不可能的，因为向这位不幸的作者所提供的，只有口头上的支离破碎的信息，他得马上加工整理这些信息，以免忘得一干二净。”(57)也就是说，克莱斯勒的传记本身就是零碎而不完整的，想要从中构建主体性和身份认同本身就是不可能的。雄猫穆尔的出现只是强化了这一效果，因为穆尔从“他者”的角度解构了这一主体性和身份认同。首先，文本对动物和人的本质区别——所谓的理性(Vernunft)提出了质疑。理性以及理性认知所带来的科学知识不一定是真实或正确的，那么人与动物都应重新进行定义，随之而来的便是对身体和精神(灵魂)之间关系的探讨；其次，文本演绎了非理性在人和动物身上的体现以及它所带来的可能性。而这种非理性恰恰存在于“梦境”和“半睡半醒之间”，这样的“边界状态”本身就是对主体性和身份认同的颠覆；最后，小说的两个部分——自传和传记——是对传统成长小说和传统传记的戏仿和解构。穆尔通过接受教育——阅读和写作——并未达到所谓的文化，而是保留了动物天性；克莱斯勒通过艺术修养——音乐创作——也并未达到所谓“完整的人”这一构想，反而是走向了另一种极端——疯狂。两者刚好代表了两种模式：身体欲望和精神欲望。正如前文中所提到的那样，18 世纪至 19 世纪初期人类学研究的其中一个重点便是对“完整的人”的讨论。事实上，身体和灵魂(精神)两者密不可分。两者也不应该以任何方式被割裂开来，无论是对立的还是相互孤立的关系。因为这两个方面的平衡对于主体性和身份认同的建构至关重要。以下的分析正是要指出，任何一方面的极端化都将使得个体成为一种撕裂的状态。

(一) 对理性的质疑

与动物相区别一直以来是人的主体性建构的一个重要因素,得到最广泛认同的人类学差异便是理性。然而在小说《雄猫穆尔》中,无论是从动物一方,还是从人类一方,都对此提出了质疑。小说一开篇,穆尔便批判了人类的自以为是和狂妄:

> 这个自称为人的种群,妄自尊大,自以为有权统治我们大家,其实我们用四足行走更加四平八稳,难道用两只脚直立行走就这么了不起吗?可我知道,他们自命不凡,就因为他们头脑里有点儿东西,他们称之为理性。我无法想象他们是如何理解这个理性的,但有一点是肯定的:正如我从我的主人和恩人的某些言论中推断出的那样,理性无非就是有意识的行为和不干蠢事的能力罢了;我可不与人互换位置。我认为,意识只是人们养成的习惯;人们通过生活,走进生活,但自己却不知道是怎么一回事儿。(16-17)

人类对动物自认为的统治权首先来源于《圣经》,这在前文的论述中已经提到过。到了 18 世纪,许多哲学家也提出过同样的观点,他们的依据正是人的"直立行走"。例如赫尔德(Johann Gottfried Herder)在 1784 年出版的

《关于人类历史的哲学思考》(*Ideen zur Philosophie der Geschichte der Menschheit*)一书中便认为，虽然人和动物在形态上有很多相似之处，但通过“直立行走”，人类超越了所有动物并成为“动物的上帝”[①]。不久之后，赫尔德又将人称作“第一个自由生物”，因为他拥有“理性和自由”[②]，这是区别于动物的特征。同时代的歌德、康德等也都持相同观点，认为动物比人类低一级。显然，这样的观点有助于构建人的主体性。在古希腊罗马时期就已存在的观点——语言和理性将人与动物区分开来——在自启蒙运动以来的浪潮中无疑得到了极大的推动。理性(主义)成为人认识真理、把握世界的主要途径。同时，随着西方世俗化的不断推进，人的形象变得独立且日益凸显，甚至开始接近于上帝。在这一背景下，人对动物的统治权以及人与动物的等级秩序也就不言而喻了。

然而，小说《雄猫穆尔》从动物的角度反驳了这一论点。同时，理性和意识，这些被人类看作自己独有特质的东西，都被解读为一种习惯，尤其观察小孩子的行为就更加明显。穆尔对此举例道：“人类在童年时期显然比我们(动物)更加愚蠢和笨拙。自己抠自己的眼珠，伸手去抓火焰或者灯火，或者把擦靴油当作樱桃糊来吃，小孩儿们惯常做的那些蠢事，在我作为雄猫崽子时就从未发生

---

① Johann Gottfried Herder: *Ideen zur Philosophie der Geschichte der Menschheit*. Erster Teil. Riga und Leipzig: Hartknoch 1784. S. 180.

② 同上，S. 230.

过。”(41)除此之外,穆尔还谈到了它的种群比人类优越的地方,例如在视力方面:“……我怀着感激之情认识到天命带给我的好意,是天命赐给了我这个遭受蔑视的种群某些优越于两足生物的特长,他们自称为万物之主,上帝才知道为什么。我可以保证,我在学习时既不需要蜡烛制造者也不需要油灯制造者的产品,因为我眼睛里的磷光在漆黑的夜里闪闪发亮。”(118)而它也是通过出色的视力,在亚伯拉罕师傅高声朗读时“能够瞅见他书里的文字而不打扰他”(40),从而学会了阅读,进而学会了写作。但它的才能不能被师傅发现,因为它的母亲米娜警告过它,它们的优势和才能都会被人类所滥用。比如她自己,由于她的皮毛在被人抚摸时能发出噼啪作响的火星,于是“孩子们和大人们为了观赏那火星,都没完没了地在我的背上摸来摸去,给我带来了巨大的痛苦。如果我不高兴跑开或露出我的利爪,人们就会骂我是一头受惊的野兽,甚至把我痛打一顿”(54)。穆尔在被美学教授指出在悄悄学习和创作之后,亚伯拉罕师傅也确实这样说道:“要是火炉底下那只灰色的小东西真有教授瞎说的那些本领,那是真够离奇的!我想,它会使我富有,比我那隐身少女所带给我的财富还要多。我要把它关进一个笼子里,让它向世人表演它的技艺,人们会为此给予丰厚的报酬……”(118)从以上人与动物相互对照的描述中我们看到,人类并不否认动物可能具有的才能,并会尽可能地对其进行控制和利用。因此,穆尔也确信,“人类本来就被指定作为恶的先例”(119)。同时,穆尔还揭露了人类社会的所谓高级文化的虚伪外表:“……这种文化的目标,无非是力图将事物的一切棱角统统刨掉,将事物各种各样的外形打造成唯一的一种,正因为如此,它也就不成其为一种外形了……”(446)。也就是说,人类所谓的理性并非是与动物相区别的特征,动物的才能不被展现,或许只是为了防止成为人类利用的工具。这也解释了为何穆尔只会阅读和写作,却不会说话。这种理性带来的所谓高级文化只不过是对社会趋同化的构建,并且它带来的所谓科学知识并不一定是真理。这一点克莱斯勒在小说开篇刚遇上雄猫穆尔时就谈到过:

> 在我观察这只聪明的雄猫时,我的心情再次感到沉重,我们的知识面是多么狭窄啊。谁能讲清楚,谁又能预感到,动物的才智和理解力有多强啊!当自然界中的一些或者说所有事物让我们感到玄妙而无法解释时,我们就会立马拿起手边的书,并对我们从书本上学到的那些愚蠢的死知识夸夸其谈,事实上这些知识都是极其有限的。所以我们也就简单粗暴地对待动物以其独特的方式展现出来的全部聪明才智,把它简单地称为“本能”。(34－35)

克莱斯勒不仅批评了人类自认为的科学知识的局限性,还同时指出了动物的思维能力,而人类将之称为“本能”。正是因为人类还未达到认知它的水平，换句话说，人对世界的认知非常有限，那么人对于区分人和动物的定义也可能是有问题的。克莱斯勒还认为“动物具有更高级的卓越本能”，“这种本能有它自身的背景”（104）。如果说，动物的本能并非我们认为的简单意义上的本能，那么，我们所认为的理性也不一定是真的理性。就像美学教授发现穆尔的手稿时所感觉到的那样：“……在我脑子里，连我也不知道以什么不可思议的方式，萌生了这种稀奇古怪的想法：所有这一切都可能是穆尔写的。尽管理性，是的，就是某种我们大家都无法回避的生活经验，并最终也无非就是理性，尽管理性告诉我，这种想法是胡扯，因为雄猫既不会写作，也不会作诗，可我就是无法摆脱这一想法。”（94－95）理性带来的认知与感知陷入一种矛盾中，以至于理性不再充当生活的指导者。于是，美学教授开始嫉妒雄猫穆尔的才能，担心它将“成为授课硕士，将会获得博士头衔，最后成为美学教授在各大学里讲授埃斯库罗斯、高乃依、莎士比亚！”（169－170）因此，他想要将穆尔“活活掐死”（172）。在这里，动物和人的位置相互交换。在文学创作上，穆尔表现得像人一样，而在对穆尔的袭击中，美学教授表现得如动物一样。[①] 在众人关于动物的讨论中，有一种不同的声音，来自一个“神情严

① Lutz Hermann Görgens：*Die Haustiere des Kapellmeisters. Untersuchung zum Phantastischen im literarischen Werke E. T. A. Hoffmanns*. a.a.O., S. 90.

肃者”:“老兄,您把什么叫作卑鄙的牲畜呢? 根本就没有卑鄙的牲畜。当我常常沉浸在默默内省中时,我感到对驴子和其他有益动物怀有深深的敬意。我不明白,为什么不能教给一个令人开心、具有天赋的家畜阅读和写作呢? 是的,为什么这样一只动物不能升格为学者和诗人呢?”(170)这种对动物的不同观点恰恰来自于内心的自省。将动物视为和人一样的生物,去除人类中心主义思想,承认人的弱点和动物的可能性。特别有意思的是,这个“神情严肃者”提出这种观点时所引证的内容来自文学作品中的形象,如塞万提斯笔下的狗贝尔甘察,或是蒂克所塑造的形象“穿靴子的猫”。当另一个人质疑这一点时,“神情严肃者”的回答是:

> 是的,要是把奇妙的东西用适当的形式表达出来,并作为纯粹的科学公之于众的话,那么最好引用著名诗人的经验之谈,他们的话有可信度。您自己是个有学问的医生,我就给您举个著名医生的例子,好让您感到满意。他在其动物催眠术的科学论述中援引了席勒和其作品中的人物华伦斯坦,以向我们展示世界精神,展示一种奇妙的预感能力的存在。(171)

文学作品被认为是虚构而不真实的,但这种由理性来判断区分的虚构与真实由于诗学和想象力的存在而又反过来被质疑。[①] 文学将想象与真实融合在一起，并开启可能性和反思的空间。

不过，在人类社会中，动物事实上是没有同等权利的。因为"在古老的大学章程里"明确写着"为了避免过分滥用章程，驴子再也当不上教授。这一规定不是可以引申到各类动物，也包括雄猫吗？"(172)显然，文本以讽刺的口吻批判了人对动物的蔑视态度。不仅如此，人类的语言中也处处体现了对动物的贬低，例如"用'猫打闹'这样骂人和取笑人的绰号来表明对猫打架的看法"，然而"倒是人类自己喜欢打架斗殴：或殴打别人，或遭人痛打"(303)。又或是称猫的歌声为"刺耳的叫声"(Katzenmusik)，并让它们"闭上嘴"(229)。

认为动物比人类低等的观点与近代以来笛卡尔的二元对立论以及机械论密不可分。虽然同一时期也有对这种观点的质疑，但它仍是主流声音。霍夫曼则将这种科学界的争论放进了文学框架中，同时也提出了自己的质疑。"身体"(Körper)与"精神(灵魂)"的区分，不仅使动物被划归到只有身体这一领域，更为重要的影响是，将精神提升到比身体更高的层次。由此，身体变成和机器一般的存在。[②] 小说中亚伯拉罕师傅的渔舍中便有各种各样的机器玩意儿。他一"开动机器"，"顿时，房间的各个角

---

① Sarah Kofman: *Schreiben wie eine Katze*. a.a.O., S. 50.

② 参见 René Descartes: *Bericht über die Methode*. In: Roland Borgards u. a. (Hg.): *Texte zur Tiertheorie*. a.a.O., S. 57.

落便活跃起来，机器人迈步走来，并转动它们的头，一只人造公鸡拍击翅膀并喔喔叫起来，鹦鹉也插进来发出尖锐刺耳的鸣叫声……”(444)。不过，这些都被亚伯拉罕师傅称为“似有生命的死东西”（die lebendigtoten Dinge）(444)，并且认为自己“因为搞这些简单又蹩脚的玩意儿浪费了我生命中最宝贵的时光”(421)。这些机器人的存在似乎更加印证了身体的机械性。只要上发条，身体就能运作。正如在给雄猫穆齐乌斯的悼词中所说到的：“推动你内部机体运转的钟表装置的齿轮确实没有损坏，死亡天使也不曾在你的头上挥舞它的利剑，因为齿轮组的运作已停止，不能再上发条了。”(362)不光是动物，人的身体也被看作是机器。公主海德维佳就曾批判过给她治病的御医：“这个御医对待人的天性就像对待钟表一样，给它清扫灰尘，上发条，我觉得他多么糟糕！”(335)将身体与精神分离并随着启蒙运动而来的理性至上的观点到了19世纪逐渐遭到质疑，小说中也明确地表达了这一点：

……永恒的力量让这样一种感受进入我们的胸怀里：它用战无不胜的威力震撼了我们的本性；它就是神秘莫测的将精神与身体联结起来的纽带，前者（即精神）自以为在追求幻想中的幸福的最高理想，却只希望后者（即身体）要求作为必要需求的东西，由此就产生了一种相互作用：人这个种群的继续存

在是受到这一相互作用的限制的。(318)

身体与精神应是两个对等的并共同组成人的主体和身份认同的因素，两者相辅相成，缺一不可。只关注精神而忽略身体的存在，最终也只能走向幻灭。克莱斯勒在给亚伯拉罕师傅的信中曾写道："……我要使劲往一边猛跳（这里说的跳跃一词既不是哲学意义上，也不是音乐意义上，而是体操意义上的），以躲开某人对着我的枪口……"(280)"哲学意义"和"音乐意义"作为精神领域的上层建构与"体操意义"作为身体领域的基础建构相对应，凸显出身体本身的存在意义。只不过，克莱斯勒似乎只有在生命的危急关头才会意识到这一点，因为他的一生所追求的都是艺术。超越理性成为他通往艺术的路径。不过，恰恰是这种试图达到纯精神领域的探求使得他始终处于一种游离和破碎的状态，身份认同最终也归于幻灭。

（二）对非理性的关注

对理性的质疑一定程度上消除了人与动物之间的差别，模糊了人与动物之间的界限，人的主体性也不再那么明确。小说中所强调的非理性因素使克莱斯勒的主体和身份认同走向幻灭，因为这些都是游离在科学、理性、语言等界限之外的边界状态，例如梦境、想象、疯狂等。做梦的能力是克莱斯勒特别强调的一个能力，小说开篇写他见到穆尔时与亚伯拉罕师傅有一段对话：

> “……我只想回答唯一的一个问题，即做梦的能力是否能与盲目的非随意性的欲望本能这一理念统一起来。举例来说，凡是观察过一条熟睡中的猎狗的人，都知道狗在做梦时思维极其活跃，它在梦中明白整个狩猎活动。它寻找猎物，嗅一嗅，动动足，仿佛它在奔跑。它喘气，它出汗。关于梦中的雄猫，现时我还一无所知。”

> “雄猫穆尔”，亚伯拉罕师傅打断他朋友的话，“不仅仅是做生动逼真的梦，而且还能清楚地看到，它经常进入那种柔和的梦境，进入神思恍惚的苦思冥想，进入梦游般的胡言乱语状，总之，进入那种处于睡与醒之间的奇特状态。这种状态是诗人真正接收天才思想的时刻。近段时间以来，它在这种状态中异乎寻常地呻吟和叹气，以至于我不得不相信，它要么是在谈情说爱，要么是在写一出悲剧。”(35)

也就是说，动物是否具有理性和语言能力并不重要，也不成为人类进行等级划分的依据。重要的是做梦的能力，这种非理性的边界状态比理性带来更多的启示。这里的做梦也可以理解为一种感性的认知能力。事实上，19 世纪初期的德国已经出现了对绝对理性质疑和批判的声音，转而开始关注人的感知能力。感觉、热情、个体，这些都成为这一时期文学和艺术创作的主要题材。如果说，感知能力也是一种重要的认知途径，那么在这一点上显然不能将动物排除在外。因为无论在哪一个历史时期，无论人类对待动物的态度如何，动物的感知能力始终没有被否认。因此，从这一意义上来说，人与动物之间的区分或许是需要修正的。穆尔自己就描述过它处于睡与醒之间的这种状态："……这种状态并非睡眠，正如莫里茨、达维德松……克卢格和其他生理学作家——他们写过关于睡眠和梦境的书，我没有读过——有理由断言的那样，可以称之为睡与醒之间的斗争。"(297)而这种梦境和想象在小说的其他人物身上则表现得更加明显。克莱斯勒在回忆自己小时候时说道，他想要像卢梭一样，"倒在床上，完全沉浸于他想象中的灵感，于是领悟到了他的作品，犹如一场美梦"(113)。想象和梦境都成为艺术创作的直接源泉，就像他写出的《上帝的羔羊》乐章便是在梦境中领悟到的：

> 他梦见乐章一个接一个地上演，策划周全，演出效果很好，令他惊奇，使他不禁又想到上帝的羔羊……这时，突然出现一个天使般的人物，走到乐谱架前，用天使般的歌声唱起了《羔羊》，这个天使般的人物就是尤莉娅！在欢欣鼓舞的狂喜中，克莱斯勒从梦中醒来，写下了他在梦中领悟的《上帝的羔羊》乐章。

现在，克莱斯勒再次做了这样的梦。(313)

克莱斯勒认为，“只有在梦境中，我们才能长出蝴蝶的翅膀，这样才能逃出最狭小和坚不可摧的牢笼，光彩夺目地飞向天空，飞到九霄云外”(181)。可见，在克莱斯勒那里，一心想要达到的便是精神中的个人世界，或者称之为内心世界，而并非身体所在的世俗世界。对于小说中的女性角色公主海德维佳和尤莉娅来说，梦境和想象是她们现实经历的先兆：公主讲到，王子在跳舞时变成了一条龙一样的怪物，并用炙热的尖锐的舌头刺伤她的心。(219)尤莉娅的梦境同样给她带来恐惧和不安：“我突然感觉到有两条铁臂将我牢牢抱住，一个可怕的声音嘲笑道：‘你还挣扎什么呢，可怜虫，你已被杀死，现在你必定属于我了。’把我紧紧抱住的这个人是王子。”(221)

由此，传统的理性与非理性，清醒与梦境之间的等级关系被颠倒过来。[①] 似乎非理性和梦境成为通往认知的道路。就像小说中的隐身少女希阿拉，能够通过自身的感应能力来预测未来。但这样片面地强调非理性最终只能导致与现实的脱节和精神上的疯狂状态，就像克莱斯勒与海德维佳和尤莉娅的第一次碰面时所留下的印象：“他是个疯子，是个疯子，他是从疯人院里跑出来的!”(66 - 67)克莱斯勒的这种试图超越理性达到精神升华的路径最终

---

① Sarah Kofman：*Schreiben wie eine Katze*. a.a.O.，S. 46.

走向一种疯狂，并且还折回到相反的极端——身体的野性。在接下来的分析中，我们将会看到，小说从结构和内容两个方面出发，通过克莱斯勒与雄猫穆尔的对照，通过人与动物的交织，最终消解了人的主体性和身份认同。

（三）反传记中的主体消解

19 世纪，长篇小说在德国逐渐成为最受欢迎的文学体裁。一方面，随着印刷术的普及和阅读文化的兴起，文学作品能够得以广泛传播并且不再以公共朗读为主要流传方式，这样一来，阅读成为一种个体行为；另一方面，随着市民阶层的不断壮大，阅读和写作成为他们的精神需求，而长篇小说则是最能表达他们所思所想并反映社会现实的有效途径。古典文学形式中的英雄被长篇小说中的主人公所取代。长篇小说通过对人物的细致刻画和对情节的驱动来展现一幅生动的社会现实场景。长篇小说的作者试图以文字为读者提供一种建立在完整性上的存在体验，更加注重人物角色的认同性和情节的完整特征。[①]然而，霍夫曼的这部长篇小说《雄猫穆尔》则完全颠覆了这一范式，从结构上解构了这种完整性和认同性。首先，如前文所提到的，这部小说本身是个残篇；其次，小说的主体，雄猫穆尔的自传部分的叙述又因为克莱斯勒传记

---

① 丁君君：《成长的怪诞——从反成长小说的角度看〈雄猫穆尔〉》，见前注，100 页。

部分的插入而不断地被中断，其完整性也被破坏。这种断裂和多重的叙事方式本身就暗示了主体和身份认同的不可能性。最后，具有讽刺意味的是，雄猫穆尔和克莱斯勒两部分分别以自传（同时也是成长小说的模式）和传记的形式出现。自传、传记、成长小说，这些文学体裁都是市民文化初期最主要的建构主体和身份认同的文体。[①] 然而，恰恰是用以建构主体和身份认同的文体最后解构了主体和身份认同。

18 至 19 世纪的西欧，启蒙运动推动了个体意识的发展。在德国，随着市民阶层的崛起，他们对于获得教育的渴望日益增长。他们希望通过教育和成长进入社会秩序，从而参与社会话语。这种市民的“入世”经历正是大多数成长小说的主题。[②] 歌德的《威廉·迈斯特的学习时代》(*Wilhelm Meisters Lehrjahre*)便是典型的成长小说。主人公在经历了事业与爱情的挫折和失望后，逐渐寻找到内心世界与现实世界的结合点，从而找到新的生存方向。这种“正向的”成长模式最终使人达到一种个体与世界的融合与和谐，从而建构起主体和身份认同。而雄猫穆尔的成长则是对这一经典模式的戏仿。用人的对立面——动物来作为成长小说的主人公，这本身就体现了

---

① Detlef Kremer: *E. T. A. Hoffmann. Erzählungen und Romane*. a.a.O., S. 203.

② 丁君君：《成长的怪诞——从反成长小说的角度看〈雄猫穆尔〉》，见前注，99 页。

一种矛盾和无解。雄猫穆尔试图通过教育达到所谓的文化,即去除动物性。然而事实却是:在动物性的饥饿与爱的现实中,一切意义建构都是虚假的,幻想的。① 穆尔身上所显示的最大特点便是原始的身体欲望——食欲——的不可掩饰性,身体的存在是存在本身,而文化则可能是虚伪的。穆尔在开篇谈到诗人的创作时便说:"……可没有一个诗人会谈论他的脚(即使他像我一样也有四只脚),只会谈论他的翅膀,虽然它们并非长在他身上的,而只是一位心灵手巧的机械师的装置。"(15)脚与翅膀,一个在地,一个在天,就好似身体和精神,而克莱斯勒则将其比喻为牢笼与自由。纵观穆尔的整个成长过程,都与食欲紧密相关:它初到亚伯拉罕师傅家,它与母亲的相遇并交谈,它学习和创作的诗歌内容,它在世间的遭遇,它的爱情经历,它对朋友穆齐乌斯的怀念,以及最后回到师傅家对诗歌的潜心研究,无一不与食欲相关。雄猫穆尔在小说开篇出现的形象犹如一个浪漫的灵魂追求更高层次的精神,它掌握了所有与浪漫相关的概念:自然、夜、渴望、爱。但同时,这种美学姿态又总是被不伪装的动物性所破坏。② 例如小说一开始出现的"鸽子"和"夜"这两个浪漫元素,唤起了它的渴望。不过,很快我们就发现,它

---

① Peter Matt: *Das Tier Murr*. In: Gerhard Neumann(Hg.): *"Hoffmanneske" Geschichte. Zu einer Literaturwissenschaft als Kulturwissenschaft*. Würzburg: Königshausen & Neumann 2005. S. 179 - 198. Hier S. 193.

② 同上,S. 189.

的这一渴望就是“食欲”:“某种强烈的食欲以不可抗拒的威力将我拉了过去!”(16)也就是说,浪漫式的话语出现并升华,然后猛然间被由本能驱使的动物性所中断。再看一例:穆尔在阁楼抒发对祖国的爱时说道:“哦,阁楼啊,你慷慨大方地把某些小耗子施舍给我吧。此外,让我在烟囱里获得一些香肠,大块的肥肉,让我逮住一只麻雀,或者甚至让我窥伺到一只小鸽子。哦,祖国啊,我对你怀有强烈的爱!”(21)而当它听说母亲米娜常常食不果腹时,它决定将一块美味的鲱鱼头带给她。可是,接下来的一句“哦,食欲,你的名字是雄猫!”(55)又暴露了它的本性,于是它自己吞食了这块鲱鱼头。之后,它虽然心生愧疚,但最终看清,“什么叫作食欲,反抗天性乃是一种罪过”(56)。在穆尔创作的众多首诗歌中,也处处隐藏着它的食欲念头,比如它在描写火灾时的最后一句是:“希望还在——我闻到了烤肉的香味”(163),又或者在描写对朋友的怀念时写道:“是的,每次吃烤肉,每次吃鱼时,我都想起你来!”(390)不过,最具有欺骗性也最符合这个小说的叙述风格的要数美学教授发现的这一首诗歌,其中的浪漫元素与食欲本身紧密交织在一起:

Sehnsucht nach dem Höheren①

Ha, welch Gefühl, das meine Brust beweget?

① 为了便于阐述这首诗歌的含义,此处将德语原文和译文分别列出。

Was sagt dies unruh — ahnungsvolle Beben,
Will sich zum kühnen Sprung der Geist erheben,
Vom Sporn des mächt'gen Genius erreget?

Was ist es, was der Sinn im Sinne träget,
Was will dem liebesdrangerfüllten Leben
Dies rastlos brennend feurig-süße Streben,
Was ist es, das im bangen Herzen schläget?

Entrückt wird'ich nach fernen Zauberlanden,
Kein Wort, kein Laut, die Zunge ist gebunden,
Ein sehnlich Hoffen weht mit Frühlingsfrische,
Befreit mich bald von drückend schweren Banden.
Erträumt, erspürt, im grünsten Laub gefunden!
Hinauf mein Herz! beim Fittich *ihn* erwische!

渴望崇高

哈,怎样的感觉使我心潮澎湃?
忐忑不安、预感不祥的颤动向我诉说着什么,
蒙受伟大天才的激励,
精神愿作勇敢的飞跃吗?

意义中的意义所承载的是什么,
孜孜不倦、热切而甜美的追求,

愿给渴望爱情的生活带去什么，
是什么让惴惴不安的心怦怦直跳？

我心醉神迷，去往遥远的仙境，
没有任何语言，没有任何声音，舌头已被束缚。
热切的希望迎着春天的气息飞扬，
很快将我从令人沮丧的沉重枷锁中解救出来，
梦寐以求的，感触到的，就在那绿叶之中！
向上，我的心！抓住它的翅膀逮住它！(91－92)

这首诗表面看是在描写对崇高精神的向往，但事实上，穆尔是在描述自己发现了树枝上的一只小鸟，内心蠢蠢欲动，想要跳上去扑捉它的情景。题目中的 nach dem Höheren 指的就是它从地面向上爬到树枝的高处，而第一节中的"Sprung"也可以理解为穆尔向上的跳跃。这一技能它在小说开篇也强调过："夜有点凉，但是每个人，不管他是否阅读过我的诗歌，都不理解我的激情，因为他不知道我跳跃上去的那个很高的立足点！也许说攀爬上去更为确切……"(15)在第二节中所谈到的追求便是想要去抓小鸟。这是一种食欲带来的追求，因此是热切而甜美的。到最后一节，穆尔要开始行动时，便是"舌头被绑住，不要发出任何声音和语言"(210)，去抓住那藏身在绿叶之中的鸟儿，那是它梦寐以求的。诗歌最后一行的 ihn 在原文中是以斜体印刷的，以此来凸显这个词的重要性，这也点明了这首诗歌的真正主题。再来看穆尔在世间的经历，也同样离不开食欲二字：它在梦中看到各种烤兔肉之类的美景，醒来后饥肠辘辘，为了获得一根香肠而被姑娘追打。就连爱情对它来说，也和食欲分不开。在它遇到咪斯咪斯后，脑子里长期想着她，以至于在师傅给它放下的烤鱼盘中，看到烤鱼用眼睛盯着它，它在疯狂中大声叫道："你就是我长期怀念的东西吗？"(206)之后便一口把烤鱼吞掉，并喊道："苍天啊，苍天，这就是爱情吗？"(206)在小说的结尾处，穆尔再次开始研究文学创作时，它非常直白地将食物与之联系起来：

> 诗句在用散文写成的书中起到的作用，就像肥肉在香肠中的作用一样，也就是在这里或那里不时地加入切成小块状的肥肉，以使得混杂各种调料的整根香肠显得更加油润而有光泽，味道更加鲜美……事实上，有时候一首好诗对于一部水平中等的长篇小说来说，犹如一块脂肪丰富的肥肉对于一根脂肪贫瘠的香肠来说是一样的，是同样有益的。我是作为一只受过美学教育并有经验的雄猫来说这番话的。(444-445)

显然，穆尔的一切需求都建立在食欲上，以至于它将"精神上的和肉体上的享受混淆起来了"(248)。在穆尔身上，食欲是推动它的驱动轮。它曾描述自己被舅父打耳光也是因为想要抢夺一块肥肉，而克莱斯勒挨耳光则是为了“构思歌剧”，如前文所比较过的。可见，两者的对比核心正在于此：一方是身体的原始欲望，另一方则是苦苦追求的精神欲望。然而，这种精神欲望在自身无法达到的情况下，便寻求通过女性这一媒介来实现，并最终走向极端。接下来，本书将仔细分析克莱斯勒这一人物形象，展示他如何走向身份认同的幻灭，最后再回到与雄猫穆尔的对照，以说明穆尔在其中扮演的角色。

克莱斯勒的部分是以传记的形式书写的，其中提到的卢梭的《忏悔录》可能是这一形式的源起。同时，歌德的《诗与真》也是其戏仿的对象，不仅仅是因为其中一章的题名中写道“我也到过阿卡狄亚”(118)，还因为个体的发展过程也是按照这一模式来进行的。[1] 这也是前文提到的成长小说或教育小说的模式。原本“教育小说”这一概念指的是“通过矛盾使得(个体)规律发展达到和谐与养成人格”[2]，这主要关注普通个体在社会中的发展，寻求达到个体发展与社会发展的统一，成为有用的人才。而到了浪漫主义时期，教育和成长的目标只有一个——成长为艺术家，因此也称作“艺术家小说”。克莱斯勒的部分就更倾向于艺术

---

① Detlef Kremer: *E. T. A. Hoffmann. Erzählungen und Romane*. a.a.O., S. 203.

② Lothar Köhn: *Entwicklungs- und Bildungsroman: ein Forschungsbericht* (*Erster Teil*). Deutsche Vierteljahrsschrift für Literaturwissenschaft und Geistesgeschichte. Vol. 42 (1968), Stuttgart: J. B. Metzler Verlag. S. 431.

家小说的范畴。克莱斯勒的形象受到早期浪漫派作家瓦肯罗德(Wilhelm Heinrich Wackenroder)创作的小说《一位热爱艺术的修道士的自白》(*Herzensergießungen eines kunstliebenden Klosterbruders*)中的音乐家(Tonkünstler)贝尔格林格(Joseph Berglinger)的影响。这个形象为 19 和 20 世纪的美学奠定了艺术家与普通人之间的对照关系,即一旦选择成为艺术家,便要同时放弃自我。[①] 例如贝尔格林格为了追求更高的目标,便放弃了做医生。克莱斯勒也是从公使馆参赞改行成了乐队指挥,不过他并非自动放弃,而是被迫放弃。因此,在刻画克莱斯勒的形象时,既没有他成长为艺术家的线性描述,也没有他放弃世俗世界与普通人的对照,有的只是他对音乐的狂热追求,对艺术的精神欲望。但这种追求和欲望都无法通过自身达到,他的身份认同也就无从谈起。

首先,克莱斯勒这个名字就暗含了他的命运指向。他在与女参事本聪的对话中如此说道:

> 您绝对不能认为我的姓氏 Kreisler 源于 Kraus(卷曲的,混乱的)一词,并按照 Haarkräusler(卷发者)一词类推,将我当作 Tonkräusler(声乐混乱者),或者甚至就当作 Kräusler(卷发者),因为那样的话

---

① Detlef Kremer: *E. T. A. Hoffmann. Erzählungen und Romane*. a.a.O., S. 204.

> 我就得将自己的姓氏改为 Kräusler 了。您无法摆脱 Kreis(圈子)一词,但愿您能马上想到那些奇怪的圈子,我们的整个存在都在这里面,我们无法从中走出来,我们可以按照我们的想法去做。克莱斯勒旋转在这些圈子中,并且他可能因为被迫去跳圣法伊特舞蹈而变得疲惫不堪,于是他常常渴望借助玄妙莫测的、能改写这些圈子的黑暗力量,到圈外的自由天地去……(78－79)

从这段话中可以看出,Kreisler 这个名字所包含的意义暗示了克莱斯勒的命运。他只能在这个圈子中兜转,无法从中走出。这是一个永无出路的循环。这也为理解他的传记提供了依据。对他的生平的描述都是零碎的,非线性的,也是不准确的。小说中克莱斯勒的部分总是在某个时刻被中断,并且有关的讲述也并未再继续下去,留下许多空白。即使在叙述过程中的讲述也是极其模糊的,比如克莱斯勒对自己出生时的描述:“在圣约翰·克里索斯托庆典日,也就是在一千七百某年一月二十四日,中午时分,有一个人出生了。他有一张脸,一双手和一双脚。”(102)出生日期不确定,对这个小孩的描述也极其简单与宽泛,甚至可以说,其中并没有包含任何实质性的信息。对于这个小孩是如何成长为音乐家的,文中也并未透露许多,只讲了他与亚伯拉罕师傅的相遇。之后便是克莱斯勒如何得到公使职位,又如何到了大公爵的宫廷中做乐队指挥，然后又逃到了王公的微型宫廷之中。也就是在这里，他已经显露出音乐创作能力的缺失。当克莱斯勒出现在王公的花园中时，他正在对着吉他发牢骚，埋怨这件乐器无法让他弹奏出优美的音乐：

> 他刚刚以不同寻常的方式给吉他调了音，然后试着调和弦，与此同时又叫道："又错了——音调不纯正——时而低了十分之一的音，时而又高出十分之一的音！"然后他抓住挂在肩膀的蓝带子上的乐器，用双手解开，置于自己面前并开始说道："告诉我，你这个顽固的小东西，你那和谐悦耳的音调在哪里？纯正的音阶藏在你内部的哪个角落里？……亲爱的小东西，你要知道：如果你不愿意发出和谐音中的二重音——升G大调和降A大调，或者升C大调和降D大调，或者确切地说，全部音调，那我就让新的能干的德国师傅来对付你，他们会痛骂你一顿，用同音异名的字词来驯服你。"(59-60)

克莱斯勒无论如何也无法用这个乐器弹奏出悦耳的音乐，于是愤愤地将它丢弃。这一幕被在公园里散步的公主海德维佳和尤莉娅看到，后者随即将吉他捡了起来，并"在这把精美的乐器上弹出了一种和音"(63)，"她很快情不自禁地一边唱，一边继续散步"(63)。尤莉娅的歌声传到克莱斯勒耳朵里，他被这种天籁之音所吸引，并认识到尤莉娅的音乐天赋。由此，这个姑娘成为他精神欲望的对象，克莱斯勒希望通过她获得通往艺术的途径。他对尤莉娅说："这种和谐悦耳之音的奇妙精神（它与这个稀有的东西是朋友），也存在于我的胸中，只是它被禁锢着，无法自由活动；但是我的小姐，它从您的内心飞上光明的天空，化作千种闪闪发光的颜色，就像耀眼的孔雀翎斑那样。"（65）也就是说，克莱斯勒自身所不能企及的艺术高度，尤莉娅可以达到。因此，当他从尤莉娅手中接回吉他时，称之为"圣物"（65）。这个女性成为他走向音乐创作的媒介，例如前文提到过的，他在梦中听到尤莉娅的歌唱，从而写下《神圣的羔羊》乐章。不过，他真正的疯狂之处在于对尤莉娅音乐天赋的消耗和剥削，以弥补自身创作能力的缺失。[①] 他不断地要求尤莉娅歌唱，直到她恳请"这会使我筋疲力尽，使我生病"（160）。事实上，她也真的在精神上和身体上同时被消耗："她手撑着头，坐在钢琴旁，显然脸色苍白。她忧郁迷离的眼神表明，她的烦恼已经转化为肉体的痛苦了。"（162）克莱斯勒对于音乐艺术的追求达到疯狂的程度，这一点小说中曾以传记作者的身份说道："克莱斯勒的传记作者如果要把他主人公的肖像描绘得贴切，那他不得不遗憾地把他写成一个古怪的人，尤其是对音乐的狂热，冷静的观察者常常会觉得

---

① Peter Matt: *Das Tier Murr*. In: Gerhard Neumann(Hg.): "*Hoffmanneske*" *Geschichte. Zu einer Literaturwissenschaft als Kulturwissenschaft*. a.a. O., S. 194.

他就像个疯子。”(153)他的这种疯狂与小说中提到的另一个艺术家——画家艾特林格——非常相似，因此文中将他称为克莱斯勒的双影人。艾特林格在疯狂之际想要以公主的心血来作画，公主称克莱斯勒的样子很像那个不幸的画家，仿佛是“他的兄弟”(179)。在公主讲完之后，克莱斯勒自己也“深受震惊，说不出话来。他历来就有一种挥之不去的想法：疯狂窥伺着他，就像一头渴望得到猎物的野兽一般，会突然把他撕得粉碎；公主见到他时心里充满了恐惧，在同样的恐惧中，他颤抖起来，他在同这种可怕的思想作斗争：他就是那个在恼羞成怒中想要杀害公主的人”(179)。克莱斯勒在画家身上看到了自己的极端形象，也感受到了自己成为疯狂者的可能。随后，他在湖中看到自己的倒影，觉得“仿佛艾特林格，那个发疯的画家，从水底看着他”(187)。他极力辩解自己和双影人画家不一样，却感觉后者一路尾随他到了亚伯拉罕师傅家。于是，克莱斯勒请求师傅用匕首将“这个恶棍刺倒”(189)。这一系列看似神秘事件的背后，揭露出克莱斯勒艺术道路的未来走向——极端消耗他人，直至最终疯狂地毁灭他人，走向身体的野性。尽管他在修道院中认为自己找到了平静，并相信自己“克服了那个魔鬼般的双影人”(311)，但事实上他只是暂时逃到一个避难所，并且马上又将再次逃亡，就像修道院院长警告他所说的那样：“你和那个不幸的人没有任何关系。一种变得过于强烈的激情所带来的混乱把他推进了毁灭的深渊。不过他可怕的命运却是你的前车之鉴。我的孩子约翰内斯啊——你的道路比起那个人来还要更加崎岖，逃亡吧——逃亡吧！”(320-321)

克莱斯勒的这种疯狂和毁灭源自他对超越理性的精神生活的追求，而这也最终导致了他内心的分裂。一方面，他无法融入世俗世界，认为自己独具艺术天赋；另一方面，又因为自身艺术天赋的缺失无法达到精神层面的高度，只能通过消耗他人来弥补自己，最终回到理性之前的野性和疯狂。由此可以看到精神和身体的交织性，二者密不可分。

穆尔部分所展示的身体的本能欲望和克莱斯勒部分所追求的精神欲望本应是一体的，却被生生撕裂开来，并各自发展到极端，从而成为一副扭曲的面孔。穆尔在两个层面上充当了他者形象。其一，作为与人相对的动物，它质疑了人类自以为是的理性，也就是人类学差异，并凸显了非理性因素的作用，从而模糊了人与动物之间的界限，人的主体性和身份认同陷入危机；其二，作为独立的个体雄猫，在成长过程中始终无法摆脱天性——动物性。反观克莱斯勒，他想要达到一种纯精神的生活，却最终导致另一种极端的疯狂。雄猫身上体现的动物性和身体性与克莱斯勒身上体现的精神性构成对比，两者既相互补充，又相互构成对方的“他者”。小说还从结构上对此进行了加注：两个故事不断地交叉出现，相互中断对方，本身就应合了克莱斯勒内心分裂的状况。人与动物的不断碰撞与交织又使得整个故事显得荒诞离奇，克莱斯勒的身份认同最终在一种反传记的叙述中归于幻灭。

小说《雄猫穆尔》以文学特有的现实与虚构的交叉呈现给读者一种亦幻亦真的体验。主人公之一雄猫穆尔在它的自传描述中颠覆了人类的理性认知，也对人类之于动物的优越感提出了质疑。与之相对的另一主人公克莱斯勒则在破碎的传记叙述中无法建立起身份认同与主体性。人与动物的二元对立在这里已经摇摇欲坠，甚或是发生了颠覆。

结　语

与传统的动物学不同，自20世纪末以来，动物研究已经不再限于动物学、生理学或行为学等一直将动物作为研究对象的学科，而是汇集了多个学科领域，包括了多个传统意义上的人文学科如人类学、哲学、文学等，动物成为真正意义上的跨学科研究课题。这种跨学科的动物研究将动物身体置于文化建构和在场性的张力场之中。一方面，动物呈现为人类想象的投射面：动物是人类制造出来的，它是人类饲养、想象、实验、获取科学知识以及再现人类的产物；另一方面，动物又总是历史、社会、文化进程中的独立的行为个体。[①] 这种研究视角也为文学研究带来了新的切入点，突破了以往传统的以母题或体裁为主的动物研究方式，开始关注到动物知识的历史性、动物

---

① Roland Borgards：*Tier*. In：Hans Richard Brittnacher，Markus May (Hg.)：*Phantastik. Ein interdisziplinäres Handbuch*. Stuttgart，Weimar：Metzler 2013. S. 482 – 487. Hier S. 483.

知识如何产生并以何种方式进行传播等。[①] 同时，文学以其独特的方式再现和反思这些动物知识，本身也成为构建这些动物知识的一部分。

因此，本书首先在引言部分从学界目前的研究状况出发，讨论了“动物转向”问题，应该说，文化文学动物研究的方法和视角的优势在于它打破了传统的将文学作品与动物研究割裂开来的做法，以全新的学科间融合与交织的方式来对文学作品中的动物形象进行研究。其中有两点值得关注：第一，文学作品中的动物和人类生活中真实的或者人类意志中想象的动物相互交织、密不可分，二者并非是完全独立于彼此的关系。在学科尚未细分的古希腊罗马时期和中世纪时期，动物学与神话、神学、文学等相互交织，相互建构。动物学知识中充满了文学虚构元素，反过来，文学作品中也有动物学知识的渗透。当时的很多文学作品中除了描写一般的日常动物以外，还包括狮身人面像（Sphinxe）、龙（Drachen）、独角兽（Einhörner）、半人兽（Satyre）等我们今天所理解的想象动物，但在当时的人们的理解中，这些动物都是真实存在的。在它们身上没有文学与世界的割裂，读者对于它们的存在也不会感到诧异。而很多看似关于动物学知识的文本事实上也可以看作是文学创作，例如亚里士多德的《动物志》（*Historia animalium*）等三部关于动物学的作品，其中大多是描述

---

① 同183页注①，S. 483.

搜集到的事实，极少有理论依据和阐释。[①] 还有中世纪时的《自然史》，也并非真正意义上的动物学研究，而是与基督教文化结合起来对动物的阐述。其中的很多信息甚至还被编入了16世纪盖斯勒(Conrad Gesner)关于动物知识的《动物书》(*Tierbuch*)中。近代以来，随着学科的建立和分化，尤其是动物学的建立，人们开始有意识地区分文学作品中的动物形象和日常生活中及动物学知识中的动物形象。前者在传统理解中被看作是单纯的文字符号，而后者才具有物质属性。但这种传统的区分法正是被今天的“动物转向”所质疑的，可以看到，文学作品中的动物形象作为符号和作为物质二者兼而有之，皆不可或缺。因为文学本身就是由符号构建起来的，但同时，它又是一种文化产物，展现和反思了当下的物质世界。因此，文学以其独特的方式展示了美学与文学是如何深入到物质领域中去的。文学中的动物与现实中的动物是有区别的，但文化文学动物研究要展示的是：这种区别不是自然的，简单的，理所应当的。正如博嘉慈所说，所有文学中的“字符狼”(Wortwolf，指以文字形式出现的狼)身上都能看到真实狼所发挥的建构作用。反之，所有的真实狼身上也能看到文学狼的痕迹。采用文化文学动物研究的方法，其中一个重要任务就是理解这种复杂的交互关系。[②]

---

① Georg Toepfer: *Geschichte der Zoologie*. In: Roland Borgard: *Tiere. Kulturwissenschaftliches Handbuch*. a.a.O., S. 139.

② Roland Borgards: *Tier und Literatur*. a.a.O., S. 226.

就像今天人们脑海中对鲸的印象和认识与小说《白鲸》有关，或是在人们想要了解 19 世纪关于鲸的知识时也可能会选择读这本小说。文学在与其他知识话语的对话中也参与着对知识和历史的建构。第二，基于第一点所阐述的文学作品中的动物与现实生活中的动物的紧密关系，我们对于文学作品中的动物的理解，便应该和文本所处的具体历史语境相结合。可以看到，即使是同一种动物，在不同的历史时期、不同的作家和不同的文化的文学作品中也有不同的演绎。换句话说，没有“动物”，只有“近代的动物”“毕希纳笔下的动物”“后殖民主义中的动物”等。[①] 由此，文化文学动物研究也对从人类学差异出发的传统对立概念如“人—动物”“主体—客体”“文化—自然”等质疑并加以探讨。它所采用的历史语境化的视角使人与动物之间的关系发生了解构：一方面，人与动物之间没有大的区别；另一方面，人与动物之间又不是没有区别，既不是明确的二元主义，也不是简单的一元论可以概括的，只能在具体的历史语境中和在德里达意义上的界限边缘[②](Limitrohie)中去描述。因此，文化文学动物研究将动物看作由文本、理念和实践组合而成的特殊情况的元素，在这种情况中，关于动物的知识以及与之相关的构建体(例如人/动物，文化/自然等)才

① Roland Borgards：*Tier und Literatur*. a.a.O.，S. 233.

② 关于 Limitrophie 一词参见 Jacques Derrida：*Das Tier，das ich also bin*. Aus dem Französischen von Markus Sedlaczek. a.a.O.，S. 55.

得到探讨。[1]

本书从文化文学动物研究的方法和视角出发，首先阐述了人类学差异和他者概念，并介绍了所选文本所处的历史时期，这些都为之后的文本分析奠定了基础。人类学差异是西方思想史上对于人与动物之间关系考察的重要基点，同时也是动物成为人类的他者形象的根源所在。从亚里士多德开始，到近代的笛卡尔，直至现当代关于动物话语的讨论，都涉及人类学差异，且不仅局限于哲学领域，而是在多个领域得到了探讨。而他者概念如今在学界的各个领域有着不同的含义和指代，因此，在梳理这一概念的同时，也界定了本书所采用的他者概念的范畴。本书所选文本所处的 19 世纪初期是关于动物和人的知识大量增加的时期，不仅是新的知识需要新的秩序来掌控，而且人与动物之间的关系也面临调整与重新定位。同样，文学也对这一现象进行了观察和反思，于是在这一时期产生了大量与动物主题相关的文学作品，对它们的考察与分析不仅能让我们更加了解这一时期的动物知识，同时也能让我们窥探到这一时期人通过与动物的互动而获得的对自我的理解和认识。需要指出的是，人与动物的二元对立思想虽然在今天受到质疑，但不能否认的是，它提供了一个人对自我理解的参照，并且 19 世

① 参见 Julia Bodenburg：*Tier und Mensch. Zur Disposition des Humanen und Animalischen in Literatur, Philosophie und Kultur um 2000.* Freiburg im Breisgau：Rombach 2012.

纪初期的社会还并未完全跳出这一思考模式。今天我们以文化文学动物研究的视角去分析这一时期的文学文本，并非是要完全否定人类学差异，而是考察在这一历史语境中的动物以何种方式参与了人类世界的构建。这种意义上的他者应该是多样化的、立体化的。同时，动物相对于人的他者性不仅体现在宏观层面，即作为人类的参照物，也体现在微观层面，即作为个体"人"的参照物。因此，本书选取了三个文本加以分析，探讨在不同语境中动物的他者性以及不同文学文本所体现的不同的反思方案。

本书分别对三个文本进行了深入的分析与阐述，以求多维度展现这一时期的动物形象以及动物对人的建构作用。所选用的三个文本中的动物形象都分别在两个层面上充当了人的他者，一方面作为动物自身，另一方面则作为象征物，从不同角度建构了人的社会以及人自身的主体性。

歌德《中篇》中的两只猛兽——老虎和狮子——来源于原始森林和草原，却被强行放置在城市空间中，于是不得不加上牢笼。从这一点来看，已经出现了人与动物的差别，即动物在人类政治秩序中始终是他者。本书分析了这一模式的起源并阐述了动物作为他者对人类政治秩序的建构作用。而在作为象征物时，这里的动物象征了政治秩序外的可能造成威胁的外来他者。这一点在 19 世纪初期这一语境下格外明显，因为此时的西欧正处于持续不断的政治动荡之中。同样，德国封建社会也正面临着转折与改变。作为改良派的歌德不主张通过暴力革命改变社会，认为应当采取温和的改革措施。于是，林中野兽便成为这种暴力危险因素的象征。同时，通过人驯服狮子这一情节又体现了彼时人类学的信心以及坚定的人类学差异这一观点。

如果说歌德《中篇》中表达了对人与动物差别的绝对性，那么在豪夫的《作为人的猴子》中则充满了不确定性。《作为人的猴子》一文虽自命为“童话”，却与传统的童话元素相去甚远，也与艺术童话的风格不一致。它讲述了一个“真实的”故事。猴子作为当时的动物学和生物学的研究重点，成为人类自我探索和自我认识的不安的发源地。这种生物介于人与动物之间，成为名副其实的“中间物”。对于这种生物的想象与认识都投射到人对自我的理解中，最终演化为了“作为人的猴子”。考察猴子所在的空间——马戏团——便能看到人类对于动物以及对于自身的教育理想。不过，在猴子作为“年轻的英国人”接受训练和教育时，也并未真正学到什么，小说以此对当时的教育理念进行了反思。同时，我们看到，它在扮演“年轻的英国人”时则发挥了颠覆性的效力，彻底改变了小城市民的观念和秩序。这一切便是源于这一时期对于民族概念的理解和民族主义的兴起，对其他民族的想象构建了这一民族的特征，却也反过来影响了自身民族特性的塑造。虽说文本中描述的小城人民将猴子看成英国人是一种误读,但这恰恰证明了猴子与人的相似性。抑或说,将猴子解读为是另一种不同的人。因此,豪夫的这一文本体现出的正是猴子这一动物给人类带来的不确定性。

如果说豪夫《作为人的猴子》中所呈现的动物形象只是给人类的自我认知带来了不安的话,那么霍夫曼《雄猫穆尔》中的雄猫则彻底质疑了人类学差异并提出了人的主体性和身份认同危机问题。雄猫穆尔既是一只“真实的”动物,是人的参照物,又是一只文学想象动物,以自传书写的方式来解构人的主体性和身份认同。小说以独特的双重传记的方式穿插串联在一起,恰好体现了动物性与人性的交织,而断裂的叙述方式又应合了克莱斯勒内心分裂的状态。作为与人相对的动物,雄猫穆尔质疑了人的理性,从而动摇了人的主体性;作为与克莱斯勒相对的个体形象,穆尔折射了人身上的天性——身体的欲望。而任由身体的欲望发展,或者如克莱斯勒一样,只追求所谓的精神层面的欲望,终将归于失败。穆尔无法达到文化的高度,克莱斯勒变得疯狂。人的主体性和身份认同也在破碎的、残篇性的传记描述中归于幻灭。

三部小说从不同层次向我们展现了一幅19世纪初期德语文学作品中极其丰富的动物形象图景。它们中既有原始森林的野兽,也有马戏团的猴子,还有已经融入人类社会的家猫。也就是说,从空间上来看,既有远离人类的动物,也有处于人类文化空间被作为观察对象的动物,还有与人类关系极其密切的动物。它们从不同的角度再现了人类与动物的关系，也在不同的语境中扮演了不同的他者形象。文学中的动物形象时而与现实中的动物形象接近，如《中篇》中的老虎与狮子，时而又与现实中的动物形象有所不同，发挥了文学的虚构作用，如《作为人的猴子》中会说话的猴子和《雄猫穆尔》中会写作的猫。然而，无论是“真实的”动物还是“想象的”动物，它们都不是孤立存在的，它们都与现实的文化实践、人类与动物的相处方式以及历史语境中的科学理论知识相关，并且它们也参与塑造了动物的文化史和知识史。

19 世纪初期，人类学与动物学的发展并驾齐驱，在大量关于人与动物的知识涌现之时，文学以其独特的方式再现并反思了两者之间的关系。《中篇》中的老虎与狮子是人类政治秩序中的“赤裸生命”，人与动物之间的绝对差异得以体现。在这里，动物是人需要掌控的客体，无论是老虎的被枪杀，还是狮子的被驯服，人与动物的二元对立仍旧存在；而《作为人的猴子》中的猴子则引起了人类自我认知的不安，其“年轻的英国人”形象暗示了人与动物之间的亲缘关系。从这一意义上来说，人与动物的二元对立框架已经开始出现了裂缝；《雄猫穆尔》中的雄猫则彻底质疑了人的理性，并在对传统成长小说的戏仿中和与主人公克莱斯勒的传记书写对比中动摇了人的主体性。人与动物的二元对立在这里甚至被完全颠覆。可以说，三部小说形象地揭示了人与动物之间张力场的变化趋势，从坚定的人类中心主义到人与动物间模糊的界限划分直至人与动物之间关系的倒置，二元对立的框架越来越趋于松动。在19世纪初期的西方，尽管人类学差异思想仍然占据着主要地位，人与动物的关系仍然无法摆脱主体与客体的影子，但可以看到，人与动物的二元对立框架已经开始出现了裂缝，对人与动物的关系和定义已经开始出现了不同的声音，而这为之后动物话语的发展奠定了基础。

参 考 文 献

主要参考文献

Goethe, Johann Wolfgang von: *Novelle*. In: Mommsen, Katharina (Hg.): *Johann Wolfgang Goethe*, *Novellen*. Frankfurt am Main: Insel Verlag. 1979. S. 195 – 233.

Hauff, Wilhelm: *Der Affe als Mensch*. In: *Sämtliche Märchen*. 2. Auflage. München: Deutscher Taschenbuch Verlag 1981. S. 153 – 177.

Hoffmann, E. T. A.: *Lebensansichten des Katers Murr nebst fragmentarischer Biographie des Kapellmeisters Johannes Kreisler in zufälligen Makulaturblättern*. Frankfurt am Main und Leipzig: Insel 2001.

其他参考文献

Anders, Günther: *Die Antiquiertheit des Menschen* (1956), Band 1. München: C. H. Beck 1994.

Agamben, Giorgio: *Das Offene*. *Der Mensch und das Tier*. Aus dem Italienischen von Davide Giuriato. Frankfurt am Main: Suhrkamp 2003.

Aquin, Thomas von: *Summa theological* (*1266 – 1273*). In: Linnemann, Manuela (Hg.): *Brüder*, *Bestien*, *Automaten*. *Das Tier im abendländischen Denken*. Erlangen: Fischer 2000. S. 43 – 44.

Aristoteles: *Politik*. In: Borgards, Roland u. a. (Hg.): *Texte zur Tiertheorie*. Stuttgart: Reclam 2015. S. 25 – 35.

Baratay, Eric/Hardouin-Fugier, Elisabeth: *Zoo. Von der Menagerie zum Tierpark*. Berlin: Wagenbach 2000.

Beardsley, Christa-Maria: *E. T. A. Hoffmanns Tierfiguren im Kontext der Romantik*. Bonn: Bouvier 1985.

Bechstein, Johann Matthäus: *Handbuch der Jagdwissenschaft*. Nürnberg: Monath und Kussler 1809.

Beckman, Sabine: *Wilhelm Hauff. Seine Märchenalmanache als Zyklische Kompositionen*. Bonn: Bouvier 1976.

Benjamin, Walter: *Franz Kafka. Zur zehnten Wiederkehr seines Todestages*. In: Ders.: *Gesammelte Schriften II.*, 2. Literarische und ästhetische Essays. Fortsetzung. Hg. von Rolf Tiedemann und Hermann Schweppenhäuser. Frankfurt am Main: Suhrkamp 1977. S. 409 – 438.

Bentham, Jeremy: *Eine Einführung in die Prinzipien der Moral und der Gesetzgebung*. In: Borgards, Roland u.a (Hg.): *Texte zur Tiertheorie*. Stuttgart: Reclam 2015. S. 63 – 65.

Benz, Richard: *Die Deutsche Romantik. Geschichte einer geistigen Bewegung*. Leipzig: Reclam 1937.

Bergengruen, Maximilian/Borgards, Roland/Lehmann, Johannes Friedrich: *Einleitung*. In: ders. *Die Grenzen des Menschen. Anthropologie und Ästhetik um 1800*. Würzburg: Königshausen & Neumann 2001. S. 7 – 14.

Berger, John: *Warum sehen wir Tiere an?* In: Borgards, Roland u.a. (Hg.): *Texte zur Tiertheorie*. Stuttgart: Reclam 2015. S. 163 – 188.

Blanke, Hans Jürgen: *Ich und Welt im Roman des 19. Jahrhunderts*. Frankfurt am Main: Lang 1988.

Blumenberg, Hans: *Anthropologische Annährung an die Aktualität der Rhetorik*. In: ders. *Wirklichkeiten, in denen wir leben*. Stuttgart: Reclam 1981, S. 104 – 136.

Bodenburg, Julia: *Tier und Mensch. Zur Disposition des Humanen und Animalischen in Literatur, Philosophie und Kultur um 2000*. Freiburg im Breisgau: Rombach 2012.

Borgards, Roland: *Affen. Von Aristoteles bis Soemmering*. In: ders

(Hg.): *Monster. Zur ästhetischen Verfassung eines Grenzbewohners*. Würzburg: Königshausen & Neumann 2009. S. 239 - 254.

Borgards, Roland: *Der Affe als Mensch und der Europäer als Ureinwohner. Ethnozoographie um 1800 (Cornelis de Pauw, Wilhelm Hauff, Friedrich Tiedemann)*. In: Wellbery, David (Hg.): *Kultur-Schreiben als romantisches Projekt. Romantische Ethnographie im Spannungsfeld zwischen Imagination und Wissenschaft*. Würzburg: Königshausen & Neumann 2012. S. 17 - 42.

Borgards, Roland: *Löwen. Poetik und Politik der Tiere bei Brocks, Ridinger und Buffon*. In: Günter, Friederike u. a. (Hg.): *Poetik des Wilden. Wolfgang Riedel zum 60. Geburtstag*. Würzbug: Königshausen & Neumann 2012. S. 149 - 178.

Borgards, Roland: *Tier*. In: Brittnacher, Hans Richard u. a. (Hg.): *Phantastik. Ein interdisziplinäres Handbuch*. Stuttgart, Weimar: Metzler 2013. S. 482 - 487.

Borgards, Roland: *Tiere jagen*. In: *TIERethik. Zeitschrift zur Mensch-Tier-Beziehung*. Münster: MV-Verlag. 5. Jahrgang 2013/2, Heft 7, S. 7 - 11.

Borgards, Roland: *Literarische Jagdgesellschaften um 1800 (Tieck, Matthisson, Arnim, Kleist)*. In: Oesterle, Günter u. a. (Hg.): *Riskante Geselligkeit. Spielarten des Sozialen um 1800*. Würzburg: Königshausen & Neumann 2015. S. 181 - 196.

Borgards, Roland: *Tier und Literatur*. In: ders.: *Tiere. Kulturwissenschaftliches Handbuch*. Stuttgart: J.B.Metzler 2016. S. 225 - 244.

Borgards, Roland (Hg.): *Tiere. Kulturwissenschaftliches Handbuch*. Stuttgart: J.B.Metzler 2016.

Bredekamp, Horst: *Antikensehensucht und Maschinenglauben. Die Geschichte der Kunstkammer und die Zukunft der Kunstgeschichte*. Berlin: Wagenbach 1993.

Buffon: *Histoire naturelle, genérale, et particuliére, avec la description du Cabinet du Roy*, volume 4, Paris: Imprimerie Royale, S. 1749 - 1788.

Chimaira Arbeitskreis（Hg.）：*Human-Animal Studies. Über die gesellschaftliche Natur von Mensch-Tier-Verhältnissen*. Bielefeld：transcript-Verlag 2011.

Cicero：*Vom Wesen der Götter*. In：Linnemann，Manuela（Hg.）：*Brüder，Bestien，Automaten. Das Tier im abendländischen Denken*. Erlangen：Fischer 2000. S. 17－20.

Conrady，Karl Otto：*Goethe — Leben und Werk*. Düsseldorf und Zürich：Artemis & Winkler 1999.

Deleuze，Gilles/Guattari，Félix：*Intensiv-Werden，Tier-Werden，Unwahrnehmbar-Werden*（*1980*）. In：Borgards，Roland Borgards u. a.（Hg.）：*Texte zur Tiertheorie*. Stuttgart：Reclam 2015，S. 191－215.

Derrida，Jacques：*Das Tier，das ich also bin*. Aus dem Französischen von Markus Sedlaczek. Hg. von Peter Engelmann. Wien：Passagen-Verlag 2010.

Descartes，Rene：*Bericht über die Methode*（*1637*）. In：Borgards，Roland u.a.（Hg.）：*Texte zur Tiertheorie*. Stuttgart：Reclam 2015，S. 55－60.

Diamond，Jared：*The Third Chimpanzee: The Evolution and Future of the Human Animal*. New York：HarperCollins 1992.

Dinzelbacher，Peter(Hg.)：*Mensch und Tier in der Geschichte Europas*. Stuttgart：Kröner 2000.

D(oktor) Johann Fausten：*Historia*. Text des Druckes von 1587. Kritische Ausgabe. Mit den Zusatztexten der Wolfenbütteler Handschrift und der zeitgenössichen Drucke. Hg. von Stephan Füssel und Hans Joachim Kreutzer. Stuttgart：Reclam 2006.

Eckermann，Johann Peter：*Gespräche mit Goethe in den letzten Jahren seines Lebens*. Hg. von Otto Schönberger. Stuttgart：Reclam 1994.

Ewers，Hans-Heino：*Romantik*. In：Wild，Reiner（Hg.）：*Geschichte der deutschen Kinder- und Jugendliteratur*. 3. Auflage，Stuttgart：J. B. Metzler 2008. S. 96－130.

Fichte，Johann Gottlieb：*Reden an die deutsche Nation*. In：ders.：*Sämtliche Werke*. Band 7. Berlin：Verlag von Veit und Comp. 1845/1846.

S. 259 – 499.

Foucault, Michel: *Andere Räume*. In: Barck, Karlheinz u.a. (Hg.): *Aisthesis. Wahrnehmung heute oder Perspektiven einer anderen Ästhetik*. Leipzig: Reclam 1992. S. 34 – 46.

Gerigk, Horst-Jürgen: *Der Mensch als Affe in der deutschen, französischen, russischen, englischen und amerikanischen Literatur des 19. und 20. Jahrhunderts*. Hürtgenwald: Pressler 1989.

Friedrich, Udo: *Menschtier und Tiermensch. Diskurse der Grenzziehung und Grenzüberschreitung im Mittelalter*. Göttingen: Vandenhoeck & Ruprecht 2009.

Goethe, Rosalinde: *Untersuchungen zur Agrargeschichte des Weimarer Territoriums von Beginn des 18. Jahrhunderts bis zu bürgerlichen Reformen des frühen 19. Jahrhunderts*. Diss. Jena 1982.

Görgens, Lutz Hermann: *Die Haustiere des Kapellmeisters. Untersuchung zum Phantastischen im literarischen Werk E. T. A. Hoffmanns*. Uni. Diss. Tübingen 1985.

Haraway, Donna: *When Species Meet*. Minneapolis/London: University of Minnesota Press 2008.

Hegel, Georg Wilhelm Friedrich: *Vorlesungen über die Ästhetik I* [*1817ff.*] Hg. von E. Moldenhauer und K. M. Michel. Frankfurt am Main: Suhrkamp 1969. [Werkausgabe Bd. 13]

Heidegger, Martin: *Die Grundbegriffe der Metaphysik: Welt — Endlichkeit — Einsamkeit*. Frankfurt am Main: Vittorio Klostermann GmbH 1983.

Herder, Johann Gottfried: *Ideen zur Philosophie der Geschichte der Menschheit*. Erster Teil. Riga und Leipzig: Hartknoch 1784.

Herrn von Buffons Naturgeschichte der vierfüßigen Thiere, Sechster Band. Troppau: Traßler 1780.

Horkheimer, Max/Adorno, Theodor W.: *Mensch und Tier*. In: Borgards, Roland u. a. (Hg.): *Texte zur Tiertheorie*. Stuttgart: Reclam 2015. S. 104 – 116.

Hoffmann an Theodor Gottlieb von Hippel: *Todesanzeige für den Kater Murr*. Staatsbibliothek Bamberg EvS. GH 4/2. Entstehung 1821.12.01. Berlin.

Ingham, Norman W.: *E. T. A. Hoffmanns Reception in Russia*. Würzburg: Jal-Verlag 1974.

Jakobs, Jürgen: *Wilhelm Meister und seine Brüder. Untersuchungen zum deutschen Bildungsroman*. München: Fink 1972.

Janson, Horst W.: *Apes and Ape Lore in the Middle Ages and the Renaissance*. London: Warburg Inst. 1952.

Johnson, Uwe: *Ach! Sie sind ein Deutscher?* In: BRD *heute — Westberlin heute. Ein Lesebuch*. Herausgegeben von Christlieb Hirte, Heidrun Loeper, Ingeborg Quaas und Dietrich Simon. Berlin: Verlag Volk und Welt 1984. S. 209 - 210.

Kant, Immanuel: *Die Religion innerhalb der Grenzen der bloßen Vernunft*. Hamburg: Felix Meiner Verlag 1956.

Kant, Immanuel: *Metaphysik der Sitten*. In: Borgards, Roland u.a. (Hg.): *Texte zur Tiertheorie*. Stuttgart: Reclam 2015. S. 68 - 71.

Kant, Immanuel: *Über Pädagogik*. Hrsg. und mit einer Vorrede versehen von D. Friedrich Theodor Rink. Königsberg: s.n. 1803.

Kling, Alexander: *Die Tiere der Politischen Theorie*. In: Borgards, Roland(Hg.): *Tiere. Kulturwissenschaftliches Handbuch*. Stuttgart: J.B. Metzler 2016. S. 97 - 110.

Klingenberg, Anneliese: *Goethes "Novelle" und "Faust II". Zur Problematik Goethesche Symbolik im Spätwerk*. In: *Impulse. Aufsätze, Quellen, Berichte zur deutschen Klassik und Romantik*. Folge 10. Berlin und Weimar: Aufbau-Verlag 1987. S. 75 - 124.

Kofman, Sarah: *Schreiben wie eine Katze. Zu E. T. A. Hoffmanns „Lebens-Ansichten des Katers Murr"*. Aus dem Französischen von Monika Buchgeister und Hans-Walter Schmidt. Wien, Graz: Böhlau 1985.

Koschork, Albrecht/Lüdermann, Susanna/Frank, Thomas/Mazza, Ethel Matala de: *Der fiktive Staat. Konstitutionen des politischen Körpers in der Geschichte Europas*. Frankfurt am Main: Fischer 2007.

Köhn, Lothar: *Entwicklungs- und Bildungsroman: ein Forschungsbericht (Erster Teil)*. Deutsche Vierteljahrsschrift für Literaturwissenschaft und Geistesgeschichte. Vol.42 (1968), Stuttgart: J.B.Metzler.

Kremer, Detlef: *E. T. A. Hoffmann. Erzählungen und Romane*. Berlin: Schmidt 1999.

Kremer, Detlef (Hg.): *E. T. A. Hoffmann. Leben-Werk-Wirkung*. 2. erweiterte Auflage. Berlin/New York: de Gruyter 2010.

Khurana, Thomas: *Leben und sterben lassen. Giorgio Agambens Buch Homo Sacer und seine Rezeption*. In: *Texte zur Kunst*. 12(2002), Berlin. S. 122 - 127.

Latour, Bruno: *Eine neue Soziologie für eine neue Gesellschaft. Einführung in die Akteur-Netzwek-Theorie*. Aus dem Englischen von Gustav Roßler. Frankfurt am Main: Suhrkamp 2007.

Laußmann, Sabine: *Das Gespräch der Zeichen. Studien zur Intertextualität im Werk E. T. A. Hoffmanns*. München: tuduv-Verl.-Ges. 1992.

Lefebvre, Henri: *Die Produktion des Raums*. In: Dünne, Jörg u. a. (Hg.): *Raumtheorie. Grundlagentexte aus Philosophie und Kulturwissenschaften*. Frankfurt am Main: Suhrkamp 2006. S. 330 - 342.

Lehmann, Marco: *Ars Simia — Ästhetische und anthropologische Reflexion im Zeichen des Affen. Zum Fortleben mittelalterlicher Bildprogramme in der Romantik, bei Raabe und Kafka*. In: Obermeier, Sabine (Hg.): *Tiere und Fabelwesen im Mittelalter*. Berlin und New York: de Gruyter 2009. S. 309 - 338.

Linnaei, Caroli: *Systema naturae per regna tria naturae, secundum classes, ordines, genera, species, cum characteribus, differentiis, synonymis, locis (System der Natur für die drei Reiche der Natur, nach Klassen, Ordnungen, Gattungen und Arten, mit Eigenschaften, Unterschieden, Synonymen und Lokalitäten)*. Laurentii Salvii, Holmiae [= Stockholm]. Tomus I, Editio decima, reformata Edition 1758.

Linne', Carl von: *Vom Thiermenschen*. In: Ders.: *Auserlesene*

Abhandlungen aus der Naturgeschichte, Physik und Arzeneywissenschaft. Band 1, Leipzig: Böhme 1776. S. 57 – 70.

Macho, Thomas: *Tier*. In: Wulf, Christoph (Hg.): *Vom Menschen. Handbuch Historische Anthropologie*. Weinheim und Basel: Beltz 1997. S. 62 – 85.

Macho, Thomas: *Zoologiken: Tierpark, Zirkus und Freakshow*. In: Theile, Gert: *Anthropometrie zur Vorgeschichte des Menschen nach Maß*. München: Fink 2005. S. 155 – 177.

Martini, Fritz Martini: *Wilhelm Hauff*. In: Wiese, Benno von (Hg.): *Deutsche Dichter der Romantik. Ihr Leben und Werk*. 2., überarbeitete Auflage. Berlin: Erich Schmidt 1983. S. 532 – 562.

Matt, Peter: *Das Tier Murr*. In: Neumann, Gerhard (Hg.): "*Hoffmanneske*" *Geschichte. Zu einer Literaturwissenschaft als Kulturwissenschaft*. Würzburg: Königshausen & Neumann 2005. S. 179 – 198.

Matt, Peter von: *Wilhelm Hauff oder der Weg in die Klarheit*. In: Osterkamp, Ernst u. a. (Hg.): *Wilhelm Hauff oder die Virtuosität der Einbidlungskraft*. Göttingen: Wallstein 2005. S. 21 – 37.

Melle, Ulrich: *Tiere in der Ethik. Die Frage nach der Grenze der moralischen Gemeinschaft*. In: *Zeitschrift für philosophische Forschung*. Band 42. Heft 2. Meisenheim/Glan: Verlag Anton Hain 1988. S. 247 – 273.

Montaigne, Michel de: *Essais* [*1580/1588*]. Frankfurt am Main: Eichborn 1998.

Müller, Hans von: *Gesammelte Aufsätze über E. T. A. Hoffmann*. Hg. von Friedrich Schnapp. Hildesheim: Gerstenberg 1974.

Müller-Tamm, Jutta: *Kunst als Gipfel der Wissenschaft. Ästhetische wisssenschaftliche Weltaneignung bei Carl Gustav Carus*. Berlin/New York: de Gruyter 1995.

Münch, Paul: *Tiere und Menschen. Ein Thema der historischen Grundlagenforschung*. In: Münch, Paul (Hg.): *Tiere und Menschen. Geschichte und Aktualität eines prekären Verhältnisses*. Paderborn: Schöningh 1998. S. 9 – 34.

Nehring, Wolfgang: *Lebensansichten des Katers Murr*. In: Feldges, Brigitte/Stadler, Ulrich: *E. T. A. Hoffmann. Epoche-Werk-Wirkung*. München: Beck 1986. S. 216 - 240.

Nietzsche, Friedrich: *Gesamtausgabe*. Hg. von Giorgio Colli und Mazzino Montinari. Berlin-New York: de Gruyter 1967—77. Nachgelassene Fragmente. Bd. 7, 1.

Nietzsche, Friedrich: *Sämtliche Werke. Kritische Studienausgabe*. Hg. von G. Colli und M. Montinari. Berlin: Taschenbuch-Verlag 1980. Band 11.

Nietzsche, Friedrich: *Sämtliche Werke. Kritische Studienausgabe in 15 Einzelbänden*. Hg. von Giorgio Colli un Mazzino Montinari, 3. Auflage. München: Walter de Gruyter, 1999. Bd. 6.

Oehler-Klein, Sigrid: *Einleitung*. In: Soemmerring: *Anthropologie. Über die körperliche Verschiedenheit des Negers vom Europäer (1785)*. Stuttgart u.a. 1998. S. 11 - 141.

Paul, Andreas: *Von Affen und Menschen. Verhaltensbiologie der Primaten*. Darmstadt: Wissenschaftliche Buchgesellschaft 1998.

Pauw, Cornelis de: *Philosophische Untersuchungen über die Amerikaer, oder wichtige Beyträge zur Geschichte des menschlichen Geschlechts*. Übers. von Carl Gottlieb Lessing. Zweyter Band, Berlin: G.J.Decker und G. L.Winter 1769. (französische Erstausgabe 1768/1769).

Pfau-Effinger, Birgit/Buschka, Sonja(Hg.): *Gesellschaft und Tiere. Soziologische Analysen zu einem ambivalenten Verhältnis*. Wiesbaden: Springer 2013.

Physiologus. Griechische/Deutsch. Übersetzt und hrsg. von Otto Schönberger. Stuttgart: Reclam 2001.

Planert, Ute: *Nation und Nationalismus in der deutschen Geschichte*. In: *Aus Politik und Zeitgeschichte*. B39/2004, S. 11 - 18.

Platner, Ernst: *Anthropologie für Aerzte und Weltweise*. Hrsg. von A. Kosenina. Hildesheim/New York 2000 (= ND der Ausgabe Leipzig 1772).

Platon：*Politeia*. Griechisch und Deutsch. Sämtliche Werke. V. Frankfurt am Main：Insel 1991a.

Pratt，Mary Louise：*Imperial Eyes*：*Travel Writing and Transculturation*. London：Routledge 1992.

Richter，Virgina："*Blurred copies of himself*". *Der Affe als Grenzfigur zwischen Mensch und Tier in der europäischen Literatur seit der Frühen Neuzeit*. In：Böhme，Hartmut (Hg.)：*Topographien der Literatur. Deutsche Literatur im transnationalen Kontext*. Stuttgart/Weimar：J.B.Metzler 2005. S. 603－624.

Riedel，Wolfgang：*Anthropologie und Literatur in der deutschen Spätaufklärung. Skizze einer Forschungslandschaft*. In：*ISAL*，*Sonderheft 6* (1994). S. 93－158.

Rieke-Müller，Annelore/Dietrich，Lothar：*Unterwegs mit wilden Tieren. Wandermenagerie zwischen Belehrung und Kommerz 1750－1850*. Basilisken Presse 1999.

Ritvo，Harriet：*On the animal Turn*. In：*Daedalus Journal of the American Acedemy of Arts and Sciences* 136/4(2007).

Rosen，Robert S.：*Kater Murr*：*Eine Untersuchung über Aufbauformen und Erzählsituationen in E. T. A. Hoffmanns Roman*. Dissertation 1968. New York University.

Rotermund，Erwin：*Musikalische und dichterische "Arabeske" bei E. T. A. Hoffmann*. In：*Poetica* Vol.2 (1968). S. 48－69.

Schäfer，Bettina：*Ohne Anfang-ohne Ende. Arabeske Darstellungsformen in E. T. A. Hoffmanns Roman Lebens-Ansichten des Katers Murr*. Bielefeld：Aisthesis 2001.

Scheler，Max：*Die Stellung des Menschen im Kosmos (1928)*. In：Linnemann，Manuela (Hg.)：*Brüder*，*Bestien*，*Automaten. Das Tier im abendländischen Denken*. Erlangen：Fischer 2000. S. 295－299.

Scher，Steven Paul：*Kater Murr und Tristram Shandy. Erzähltechnische Affinitäten bei Hoffmann und Sterne*. In：*Zeitschrift für deutsche Philologie* 95 (1976) [Sonderheft E. T. A. Hoffmann]，S. 24－42.

Schiller, Friedrich: *Werke und Briefe, Band 6: Historische Schriften und Erzählungen* I. Hg. von Otto Dann. Frankfurt am Main: Deutscher Klassiker Verlag 2000.

Schlaffer, Hannelore: *Poetik der Novelle*. Stuttgart: Metzler 1993.

Schmitz, Walter: *"Mutabor". Alterität und Lebenswechsel in den Märchen von Wilhelm Hauff*. In: Bunzel, Wolfgang u. a. (Hg.): *Schnittpunkt Romantik. Text-und Quellenstudien zur Literatur des 19. Jahrhunderts*. Festschrift für Sibylle von Steinsdorff. Tübingen: Max Niemeyer 1997. S. 81 – 117.

Schnyder, Peter: *"Am Rande der Vernunft". Der Orang-Utan als monströse Figur des Dritten von Herder bis Hauff und Flaubert*. In: Borgards, Roland u.a. (Hg.): *Monster. Zur ästhetischen Verfassung eines Grenzbewohners*. Würzburg: Königshausen & Neumann 2009. S. 255 – 272.

Schopenhauer, Arthur: *Preisschrift über die Grundlage der Moral*. In: Borgards, Roland u. a. (Hg.): *Texte zur Tiertheorie*. Stuttgart: Reclam 2015. S. 74 – 83.

Schulz, Gerhard: *Die deutsche Literatur zwischen Französischen Revolution und Restauration. Teil 2: Das Zeitalter der Napoleonischen Kriege und der Restauration 1806 – 1830*. München: C.H.Beck 1989.

Schulz, Gerhard: *Johann Wolfgang Goethe: Novelle*. In: *Interpretationen. Erzählungen und Novellen des 19. Jahrhunderts*. Stuttgart: Reclam 1992.

Seuffert, Bernhard: *Goethes Novelle*. In: Geiger, Ludwig (Hg.): *Goethe-Jahrbuch, 19. Band*. Frankfurt am Main: Rütten & Loening 1898. S. 133 – 166.

Singer, Herbert: *Hoffmann. Kater Murr*. In: Wiese, Benno von (Hg.): *Der deutsche Roman*. Bd1. Düsseldorf: Bagel 1963. S. 301 – 328. S. 938 – 990.

Spannhoff, Christof: *Goethes "Novelle". Eine Kritik an Revolution und Restauration?* Studienarbeit. Westfällische Wilhelms-Universität Münster. 2005.

Sprengler, Oswald: *Der Untergang des Abendlandes*. Wien/Leipzig:

Braumüller 1918.

Steiger, Emil: *Goethe "Novelle"*. In: ders: *Meisterwerke deutscher Sprache aus dem neunzehnten Jahrhundert*. Dritte Auflage. Zürich: Atlantis-Verl.1957. S. 135 - 162.

Steinecke, Hartmut: *Hoffmanns Leben*. In: Kremer, Detlef (Hg.): *E. T. A. Hoffmann. Leben-Werk-Wirkung*. 2. erweiterte Auflage. Berlin/New York: de Gruyter 2010. S. 1 - 17.

Toepfer, Georg: *Historisches Wörterbuch der Biologie. Geschichte und Theorie der biologischen Grundbegriffe*. 3. Bde. Stuttgart: Metzler 2011.

Toepfer, Georg: *Geschichte der Zoologie*. In: Borgards, Roland (Hg.): *Tiere. Kulturwissenschaftliches Handbuch*. Stuttgart: J.B.Metzler 2016. S. 139 - 149.

Tomasello, Michael: *Eine Naturgeschichte des menschlichen Denkens*. Berlin: Suhrkamp 2014.

Wagenknecht, Christian (Hg.): *Johann Wolfgang Goethe: Novelle. Erläuterungen und Dokumente*. Stuttgart: Reclam 1982.

Wagner-Egelhaaf, Martina: *Vom Nachäffen. Menschen und Affen in der Literatur*. In: *Nestroyana. Blätter der internationalen Nestroy-Gesellschaft*. Jg. 23. Heft 1/2. 2003. S. 20 - 34.

Waldenfels, Bernhard: *Phänomenologie des Eigenen und des Fremden*. In: Münkler, Herfried (Hg.): *Furcht und Faszination. Facetten der Fremdheit*. Berlin: Akademie Verlag 1997. S. 65 - 83.

Wäsche, Erwin: *Honorio und der Löwe. Studie über Goethes Novelle*. Säckigen: Stratz 1947.

Werner, Hans-Georg: *Literarische "Klassik" in Deutschland? Thesen zum Gebrauch eines Terminus*. In: *Jahrbuch der deutschen Schillergesellschaft*. Jahrgang 32 (1988), S. 358 - 366.

Wezel, Johann Karl: *Vorrede zur "Hermann und Ulrike"*. In: Steinecke, Hartmut u.a. (Hg.): *Romantheorie. Texte vom Barock bis zur Gegenwart*. Stuttgart: Reclam 1999. S. 202 - 206.

Wierlacher, Alois (Hrsg.): *Kulturthema Fremdheit. Leitbegriffe und Problemfelder kulturwissenschaftlicher Fremdheitsforschung*. München: Iudicium 1993.

Wild, Makus: *Anthropologische Differenz*. In: Borgards, Roland (Hg.): *Tiere. Kulturwissenschaftliches Handbuch*. Stuttgart: J. B. Metzler 2016. S. 47 - 59.

[意] 阿甘本(Giorgio Agamben):《神圣人: 至高权力与赤裸生命》,吴冠军译,北京: 中央编译出版社,2016。

[法] 德里达(Jacques Derrida):《我所是的动物》,载《解构与思想的未来》,长春: 吉林人民出版社,2006: 110—175。

丁君君:《成长的怪诞——从反成长小说的角度看〈雄猫穆尔〉》,载《外国文学》,2011(4)。

[英] 霍布斯(Thomas Hobbes):《利维坦》,黎思复,黎廷弼译,北京: 商务印书馆,1986。

[德] 卡西尔(Ernst Cossirer):《人论: 人类文化哲学导引》,甘阳译,上海: 上海译文出版社,2017。

[法] 拉康(Jacques Lacan):《拉康选集》,褚孝泉译,上海: 上海三联书店,2001。

[美] 劳伦斯·E·卡洪(Lawrence E. Cahoone):《现代性的困境——哲学、文化和反文化》,王志宏译,北京: 商务印书馆,2008。

李晓梅:《后现代哲学解构主体的他者向度及其理论困境——兼论马克思实践概念对主体性重建的启示》,载《哲学分析》,2018(6)。

马嫽:《歌德〈中篇〉评析》,载《德语文学与文学批评　第三卷》,北京: 人民文学出版社,2009。

《欧美名家短篇小说丛刊,下卷》,周瘦鹃译,上海: 中华书局,1917。

孙纯:《论敞开: 里尔克、海德格尔和阿甘本的动物想象》,载《德语人文研究》,2017(1)。

王炳钧:《文学研究中的历史人类学视角》,载《外国文学》,2005(4)。

王炳钧:《威廉·豪夫的〈作为人的猴子〉中的空间秩序逻辑》,载《外国文学》,2013(1)。

［英］韦尔森(Catherine Wilson)：《唯物主义——动物主义——社会主义：马克思和恩格斯的人类学》，载《社会科学辑刊》，2013(6)。

张剑：《他者》，载《外国文学》，2011(1)。

赵林：《基督教与西方文化》，北京：商务印书馆，2013。